COLECCIÓN
BOLAÑO
白水社

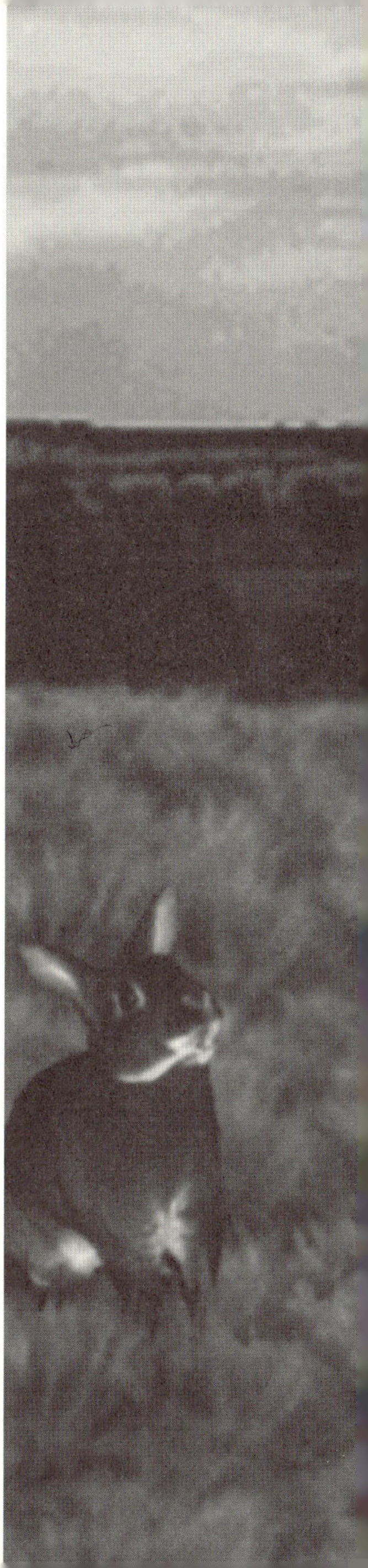

ボラーニョ・コレクション

鼻持ちならないガウチョ

EL GAUCHO INSUFRIBLE

ロベルト・ボラーニョ
Roberto Bolaño

久野量一 訳

鼻持ちならないガウチョ

Japanese edition published by arrangement through The Sakai Agency

二人の子供、ラウタロとアレクサンドラに
そして友人、イグナシオ・エチェバリアに

結局のところ、きっとぼくたちはそれほど多くを失ってはいない。

フランツ・カフカ

鼻持ちならないガウチョ　目次

装丁　緒方修一

ジム

何年も前のこと、ぼくにはジムという友人がいた。以来、あれほど哀しいアメリカ人には出会ったためしがない。絶望した連中ならたくさん見てきた。だがジムみたいに哀しいやつはひとりもいなかった。あるとき、彼はペルーに向かった。半年以上の旅になる予定だったが、さほど経たないうちに再会した。ジム、詩って何でできてるの？　と、メキシコの物乞いの少年たちはよく彼に尋ねた。ジムは雲を見つめながら耳を傾けていたが、やがて吐き出した。語彙、雄弁さ、真実の探求。顕現《エピファニー》。聖母マリアが姿を現わしたときのような。中米では幾度となく暴漢に襲われたが、海兵隊あがりで、かつてベトナムで戦ったこともある人間にとっては異常なことだった。争いごとはもうごめんだ、とジムは言っていた。いまのおれは詩人で、途方もないことを探し出して、それをありふれた日常の言葉にしている。君はありふれた日常の言葉があると思っているのかい？　おれはあると思っている、とジムは言った。彼の妻はチカーナの詩人で、ことあるごとに彼を捨てると言って脅していた。ジムは彼女の写真を見せてくれた。とくに美人というわけではなかった。彼女の顔には苦悩が浮かび、その苦悩の下には怒りが見え隠れしていた。ぼくは、彼女がサンフランシスコのアパートかロサンゼルスの一軒家で、窓は閉めたままカーテンを開け、テーブルについて、食パンと緑色のスープを口に入れているところを思い浮かべた。どうやらジムは褐色の肌の女が、謎めいた過去のある女が好きで、彼はそう言ったもののそれ以上は説明しなかった。ぼくはと言えば、金髪の女が好きだった。あるとき、メキシコシティの路上で火を吹く男に見とれているジムを見かけた。後ろ姿を見かけただけだったので声はかけなかったが、間違いなくジムだった。ひどい切り方の髪、汚れた白いシャツ、リュックサックをまだ背負っているみたいに丸まった背中。首は赤く、どういうわけか野原でのリンチを連想させた。広告やガソリンスタンドのネオンのないモノクロの野原、野原とはこういうものであり、こうあるべきという野原――どうしようもなく果てしなく続く荒地、逃げ出したぼくたちの帰りを待つ、煉瓦造りあるいは遮蔽された部屋。ジムは両手をポケットに突っ込んでいた。火吹き男は松明を振り回し、獰猛な笑みを浮かべた。黒く煤けた顔は三十五歳にも十五歳にも見えた。上半身は裸で、へそから胸にかけて傷跡が一本まっすぐ伸びていた。ときおり口を引火性の液体で満たし、長い炎の蛇を吐き出した。人々は彼を見つめ、その芸に見とれ、歩き去ったが、ジムだけは歩道のへりに立ち尽くしたまま、まるで火吹き男にそれ以上の何かを、お決まりの九つの暗号を解き明かしたあとで十番目の暗号を待っているのか、あるいはその煤けた顔に、古い友人か、かつて殺した誰かの顔を見たかのようだった。ぼくはずいぶん長いこと彼を見つめていた。そのころぼくは十八歳か十九歳で、自分は不死身だと思っていた。そうでないと分かっていれば、踵を返してその場を離れていただろう。しばらくすると、ジムの背中と火吹き男のしかめ面を見るのに飽きてしまった。実のところ、ぼくは彼に近づいて声をかけたのだ。ジムはぼくの声が耳に入らないようだった。振り向いた彼の顔は汗で濡れていた。熱でもあるのか、ぼくだとなかなか気づかなかった。そして挨拶代わりにうなずくと、そのまま火吹き男を見つめ続けた。彼の横に立ったとき、彼が泣いていることに気がついた。きっと熱もあったのだろう。同時にぼくは、これを書いているいまのほうが驚いているのだが、火吹き男が、ぼくも含めたあの首都の街角にいる他の通行人たちがあたかも存在していないかのように、ただジムのためだけに芸を見せていたことに気がついた。燃え上がる炎はときおり、ぼくたちが立っている場所から一メートル足らずのところまで届いた。どうしたいの？　とぼくは彼に言った。路上で焼け死んでしまいたいの？　考えもなしに口をついて出た愚かな冗談だったが、それこそまさにジムの望みであることに、ぼくはふと気づいた。**クソッたれ**《チンガード》、**呪われし者**《エチサード》／**クソッたれ**《チンガード》、**呪われし者**《エチサード》というリフレインが、あの年いくつかのアングラのライブ小屋で流行っていた歌にあった気がする。ジムこそ、クソッたれの呪われし者だったのかもしれない。メキシコの呪いに捕えられた彼は、そのとき自分の幽霊と向かい合っていたのだ。行こう、とぼくは言った。ヤクでもやっているのか、具合でも悪いのかと尋ねもした。彼は首を振って、ちがうと答えた。火吹き男がぼくたちのほうを見た。そして風の神アイオロスのように頬を膨らませてぼくたちに近づいた。その瞬間、いまぼくたちに襲いかかろうとしているのは風ではないことにぼくは気づいた。ぼくは、行こう、と言って不吉な歩道のへりからジムをぐいと引っ張った。レフォルマ通りに向かって道を下り、少ししてぼくたちは別れた。ジムはずっと口を開かなかった。その後、二度と彼に会うことはなかった。

鼻持ちならないガウチョ

ロドリゴ・フレサンに

エクトル・ペレーダと親しく付き合っていた者たちの意見によれば、彼には何をおいても二つの美徳が備わっていた。家族思いで心優しい父親だったこと、そして、誠実さがあいにく時代遅れの国と時代にありながらも、とびきりの誠実さを持ち合わせた、非の打ちどころのない弁護士であったことだ。ひとつめの美徳の証は、息子と娘、ベベ・ペレーダとクカ・ペレーダで、二人は幸せな幼少期と青春時代を送ったが、長じて、実際的な事柄が生じるごとに不満が高まり、自分たちに厳しい現実を見せてくれなかった父を非難するようになった。弁護士としての仕事ぶりについては、言うべきことはほとんどない。金を儲け、敵よりも味方が多く、その数も少なくなかった。判事になるか、あるいは政党の議員候補者になるかを選ぶ機会に恵まれたとき、彼は迷わず法曹界での昇進を選んだが、もっともそれは、政界で稼ぐはずの額よりも相当少ない稼ぎになることを意味していた。

しかし三年後、判事の職に幻滅して公の生活から退くと、少なくともある期間、たぶん何年かのあいだ、読書と旅に専念した。もちろん、ペレーダ夫人、旧姓ヒルシュマンの存在もあり、伝えられるところによれば、弁護士ペレーダは彼女に首ったけだったという。それを証明する当時の写真がある。そのうちの一枚でペレーダは、黒い三つ揃いのスーツ姿で、プラチナブロンドに近い髪の女とタンゴを踊っている。女はカメラのほうを見て微笑んでいるが、弁護士のほうの目は夢遊病者か羊のように女に釘付けだ。不幸なことにペレーダ夫人は、ククが五歳、べべが七歳のときに突然他界した。若くして寡夫となった弁護士が再婚することはなかったが、仲間内ではかなり名の知れた（恋人ではない）女友達との付き合いはあり、しかも新しいペレーダ夫人になるための必要条件を余すところなく満たしていた。

二、三人の親友から、なぜ再婚しないのかと尋ねられると、弁護士はきまって、まだ幼い子供たちに継母《ままはは》をもつという重荷（彼の表現を借りれば、耐えがたいほどの重荷）を負わせたくないのだと答えた。ペレーダにしてみれば、アルゼンチン、とくにその当時のアルゼンチンが抱える最大の問題は継母にほかならなかった。アルゼンチン人に母親がいたことはない、というのが彼の口癖だった。というか、われわれの母親は見えない存在なんだ。というか、われわれの母親は孤児院の戸口でわれわれを捨てたのさ。その代わり、継母ならいやというほどいて、ペロン主義者の偉大なる継母をはじめ、ありとあらゆる種類の継母がいるじゃないか。そしてこう締めくくった。われわれは、ラテンアメリカのどの国よりも、継母のことをよく知っている。

いずれにせよ彼の人生は幸福だった。パリとベルリンが見事に混じり合うブエノスアイレスで幸せでないのは難しいよ、と彼は言った。といっても、目を凝らして見れば、むしろリヨンとプラハの見事な混合なんだがね。彼は毎朝、子供たちと同じ時間に起きて、一緒に朝食をとり、その後、学校まで送っていった。午前中の残りは新聞を最低でも二紙読むことに費やし、そのあと十一時に軽食（おもに肉とソーセージ、バターを塗ったフランスパン、それに国産もしくはチリ産のワインを小さなグラスに二、三杯だったが、特別な場合には必ずフランス産のワインにした）をとったあと、一時まで昼寝をした。ひとりきりの昼食は、がらんとした大きな食堂で本を読みながら、年老いた家政婦のうつろな眼差しと、模様入りの銀縁の写真立てに飾ってある写真から向けられる亡き妻のモノクロの視線を感じつつ、あっさりしたものを食べた。スープ、魚とピューレを少しずつ、それも冷たくなっていた。午後は子供たちの宿題の見直しを手伝ってやったり、クカのピアノのレッスンを黙って眺めたり、イタリア系の姓の家庭教師によるベベの英語とフランス語の授業をのぞいたりした。ときどき、クカが一曲、最初から最後まで通して弾くと、家政婦と料理女が駆けつけてきて耳を傾け、弁護士は二人がつぶやく賛辞を誇らしい気持ちで耳にし、最初はほめすぎだと思ったが、あとになってよく考えてみると、的を射ているように思えた。夜は子供たちを寝かしつけ、誰も入れてはならないと家政婦たちに幾度となく言い聞かせてから、コリエンテス街のお気に入りのカフェに出かけ、深夜一時まで長居した。といって何をするわけでもなく、友人、あるいは友人の友人が、自分の知らないことを話すのに耳を傾けていたが、自分の知っている話だったとしたらひどく退屈だったに違いなく、その後、寝静まった家に帰った。

しかしある日、子供たちは成長し、まずクカが結婚してリオデジャネイロに移り住み、次にベベが文学に精を出すようになり、別の言い方をすれば、彼は文学で成功を収め、人気作家になり、そのおかげでペレーダの自尊心は満たされ、息子の書いたものを何から何まで、どのページも読んだ。まだ実家に住んでいたベベは（これ以上の場所が他にあるというのか？）、何年かすると、前に妹がしたように巣を出た。

最初、弁護士は諦めて孤独を受け入れようとした。未亡人と関係をもち、フランスとイタリアに長い旅をし、レベカという若い娘と知り合い、最後は、膨大で散らかった蔵書を整理することで自分を慰めた。一年間アメリカの大学で働いていたベベが戻ったころ、ペレーダはめっきり老け込んでいた。心配になった息子は父をできるだけひとりきりにさせないよう努め、ときどき映画や芝居に連れ出したが、弁護士はぐっすり眠り込んでしまうのがおちだった。カフェ〈黒鉛筆《ラピス・ネグロ》〉で開かれる作家の集いにむりやり連れていこうとしたこともあった（だがむりやりだったのは最初だけである）。そこでは、市の文学賞を受賞するという恩恵に浴した作家たちが長々と祖国の命運について論じていた。ペレーダは、こういう集いでは決して口を開かなかったが、息子の仲間たちが話していることに惹かれていった。文学の話題になると、はっきり言って退屈だった。彼にとってアルゼンチンでもっとも優れた作家はボルヘスと自分の息子であり、この話題に関してそれ以上のコメントは不要だった。しかし、国内政治や国際政治の話題になると、弁護士の身体は電気が流れたかのようにぴんと張りつめた。それ以来、彼の日々の習慣は一変した。朝早くから起き出して、書庫の古い蔵書に、自分でも知らない何かを探すようになった。午前中は読書をして過ごした。頭の働きが鈍くなるのが分かったので、ワインもこってりした食事もやめることにした。きれい好きではなくなった。昔のようにめかしこんで出かけなくなった。ほどなく、毎日シャワーを浴びる習慣もやめた。ある日、ネクタイをせずに公園に新聞を読みに行った。旧知の友たちが、新しいペレーダのなかにかつての彼を、あらゆる意味で非の打ちどころのない弁護士の彼を見つけるのは難しかった。ある朝、ペレーダはいつもより気分が昂って目が覚めた。引退した判事と、やはり引退した新聞記者と昼食をともにしたが、食事のあいだ、弁護士は笑いが止まらなかった。とうとう判事が、各々がコニャックを飲んでいるあいだ、何がそんなにおかしいのかとペレーダに訊いた。ブエノスアイレスは沈没しかかっている、とペレーダは答えた。老記者は、弁護士は頭がおかしくなったのだと思い、ビーチにでも海にでも行って気持ちのいい風を浴びてきたほうがいいんじゃないかと言った。さほど憶測をめぐらせていなかった判事のほうは、ペレーダが話をはぐらかしているだけだと思っていた。

しかし数日後、アルゼンチン経済は破綻した。ドル建ての当座預金は凍結され、自分の資金（というか貯蓄）を海外に移せなかった人たちは、突然、手元に何もなくなり、残っているのは、見るだけで身の毛のよだつ債券や約束手形、忘れられたタンゴの歌と国歌の歌詞から半分ずつとってきたようなはっきりしない約束だけになった。言っただろう、と弁護士は意見を聞きに来た者に言った。その後、二人の使用人を伴い、当時のブエノスアイレスの人々がしたのと同じことをした。すなわち、長い列に並び、国や銀行や誰かに騙された人々であふれる街路で見知らぬ人々（彼らはとても親切だった）と長々と話をしたのだった。

大統領が辞任を表明したとき、ペレーダは鍋叩きのデモに参加した。デモは繰り返し行なわれた。街路はときに、老人たち、あらゆる社会階層の老人たちに占拠されているように見え、なぜかは分からないが、彼はそれが気に入った。何かが変わりつつあり、暗いところで何かが動きつつある徴候のように見えたのだ。そのいっぽうで、たちまち暴徒化するピケ隊と一緒にデモに参加するのもまた楽しかった。数日のうちにアルゼンチンの大統領は三回変わった。革命を起こそうと考える者もいなければ、クーデターを指揮しようと思いつく軍人もいなかった。ペレーダが田舎に引きこもろうと決めたのはそのときだった。

発つ前に、家政婦と料理女に話して計画を打ち明けた。ブエノスアイレスは腐ってる、と彼は言った。私は農場に行くよ。食堂のテーブルで何時間も話し合った。料理女はペレーダ同様、農場に何度も行ったことがあり、田舎はあなたのように家族思いの父親で、学があって、子供にいい教育を受けさせてやりたいと心を砕いている方が行くところではありません、とつねづね言っていた。ペレーダの記憶のなかの農場のイメージは、中心のない屋敷、威圧的な巨木、鼠と思しき影が動きまわる穀物倉庫という曖昧模糊としたものに変わり果てていた。しかしその晩、キッチンで紅茶を飲みながら、彼は使用人たちに、報酬として払える金はほとんどなく（有り金は全部銀行にあり、したがってすべてを失っていた）、自分に唯一思いつく解決法は、少なくとも食べるものがある、というかそうであってほしい農場に彼女たちを連れていくことだと言った。

料理女と家政婦は、忍びない思いで彼の話を聞いていた。話の途中で弁護士は泣き出した。二人は慰めようとして、お金のことなら心配いりません、お給金をいただけなくても働き続けるつもりですと言った。弁護士は、反論は受けつけない、と断固拒否した。私はもうぽん引きになる歳じゃないんだよ、とすまなそうな微笑みを浮かべて言った。翌朝、彼は荷造りをしてタクシーで駅に向かった。女たちは歩道から彼を見送った。

鉄道の旅は長く単調で、ペレーダは好きなだけ考えごとができた。最初、客車は満員だった。耳に入るのは、基本的に二つの話題だけと言ってよかった。国の経済破綻について、それから、韓国と日本が共同開催するワールドカップに向けてアルゼンチン代表チームがどういう状態にあるかという話だった。列車にいる人の群れは、ずいぶん昔に見た映画『ドクトル・ジバゴ』のモスクワ発の列車を思い出させたが、あのイギリスの映画監督の描くロシアの列車には、アイスホッケーやスキーを話題にする人たちは出てこなかった。仕方がないな、と彼は思いつつも、アルゼンチンのイレブンが理屈の上では無敵に見えることに異論はなかった。夜になると会話はやみ、弁護士は外国にいる二人の子供、ククとベベのことを考え、深い関係になった何人かの女のことを考えた。思い出すとは予想していなかったが、忘却の淵から静かに、彼女たちの姿が、汗の浮いた肌が浮かび上がり、彼の動揺する心のなかに、穏やかさではないある種の穏やかさ、正確には冒険ではないがそれに似たものに備える気分を呼び起こしていた。

その後、鉄道はパンパを走り始め、弁護士は窓の冷たいガラスに額を寄せたまま眠りに落ちた。目が覚めたとき、客車は半分ほど空で、彼の隣ではインディオのような男がバットマンのコミックを読んでいた。今どのあたりかな？　と彼は尋ねた。コロネル・グティエレスだよ、と男は答えた。そうか、それは結構、と弁護士は思った。私はカピタン・ホウルダンに行くのだから。そのあと立ち上がって身体を伸ばし、座り直した。乾いた平原に、鉄道に競争を仕掛けているような兎が見えた。先頭の兎を五匹の兎があとから追いかけていた。先頭の兎は窓のほとんど真横にいて、両目をぱっちりと開け、鉄道との競争に超人的な（あるいは超兎的な、と弁護士は思った）努力を払っているようだった。いっぽう、追いかけているほうの兎たちは縦一列に並び、まるでツール・ド・フランスの選手のように見えた。順位を交代する兎は、二、三回飛び跳ねて先頭に躍り出て、先頭にいた兎は最後尾まで下がり、三番手の兎は二番手に、四番手の兎は三番手と順位を上げていく。そのようにして、集団は次第に弁護士のいる窓の下を走っている単独の兎との距離を縮めていった。兎か！　と弁護士は思った。まったく素晴らしいね！　いっぽう、乾いた平原にはほかに何も見えず、大きな低い雲の下にところどころ広大な牧草地が広がっているだけで、村に近づいているとは思えなかった。君もカピタン・ホウルダンに行くのかい？　と彼はバットマンを読んでいる男に尋ねた。男はこれ以上ないほど注意深く、何ひとつ見落とさないようにしてコミックを読んでいて、その様子はまるで携帯用の美術館を巡っているかのようだった。いや、と彼は答えた。おれはエル・アペアデロで降りるよ。ペレーダは記憶を辿ったが、そんな名前の駅は思い出せなかった。それは何だ、駅か、それとも工場か？　と弁護士は言った。インディオ風の男は弁護士をじっと見つめた。駅だよ、と彼は答えた。どうやら気分を害したようだ、とペレーダは思った。適切な質問ではなかった、いつもの良識ある自分がするような質問ではなく、パンパのせいで気取りがなくなり、男っぽくなった自分が直截に尋ねたのだと彼は思った。

ふたたび窓に額をもたせかけると、追いかけていたほうの兎の集団が単独の兎に追いついて、爪と歯で容赦なく襲いかかっていた。齧歯類のあの長い歯だな、とペレーダは身震いしながら思った。線路の脇で褐色の毛の塊が転げ回っているのが、遠ざかる列車から目に入った。

カピタン・ホウルダンの駅で降りたのは、ペレーダと、子供を二人連れた女だけだった。半分は木造、もう半分はコンクリートでできたプラットホームのどこを探しても、駅員は見つからなかった。女と子供たちは荷車の轍《わだち》をたどって歩き始めた。彼らの姿は遠ざかり、次第に小さくなっていったが、弁護士の計算では、地平線の向こうに見えなくなるまで四十五分以上かかった。地球は丸いのか？　とペレーダは考えた。もちろん丸いに決まってる！　と自分で自分に答え、その後、駅の事務室の壁に寄せてある木製の古いベンチに座って時間をつぶし始めた。否応なしにボルヘスの短篇「南部《エル・スール》」を思い出し、最後の部分に出てくる店を想像すると両目が潤んできた。その後、べべの最新作のストーリーを思い出し、息子がアメリカ中西部にある大学の窮屈な一室で、コンピュータに向かって書いている様子が目に浮かんだ。べべが戻り、私が農場へ行ったことを知ったら……想像すると気持ちが昂った。パンパからときおり照り返される日射しと生暖かい風に眠気を覚え、彼は眠り込んだ。誰かの手に揺すぶられるのを感じて目が覚めた。彼と同年輩で、鉄道会社の着古した制服姿の男が、そこで何をしているのかと尋ねた。私はアラモ・ネグロ農場のオーナーでね、とペレーダは答えた。男は少しのあいだ彼をじっと見つめて言った。判事さんですね。そのとおり、とペレーダは答えた。私はいっとき判事だった。判事さん、おれのことは覚えていませんか？　ペレーダは男を注意深く見つめた。新しい制服が必要で、ただちに髪を切るべきだった。彼は首を振って否定した。おれはセベーロ・インファンテですよ、と男は言った。子供のころ、あなたとよく遊んだもんだ。ずいぶん昔の話じゃないか、おい、思い出せるわけないだろう、とペレーダは答えた。カピタン・ホウルダンの空気が、彼の声帯か喉によい刺激でも与えたのか、言葉遣いばかりでなく、声までが自分のものではないように響いた。

おっしゃるとおりです、判事さん、とセベーロ・インファンテは言った。でもおれはお祝いしたい気分だよ。駅員はカンガルーの真似をしているかのように飛び跳ねながら切符売り場のなかに消え、姿を現わしたときは瓶とコップを持っていた。あんたの健康を祈って、と言うと生《き》のアルコールと思しき透明な液体をコップに半分注ぎ、ペレーダに差し出した。ペレーダは一口すすり――焦げた土と石の味がした――コップをベンチに置いた。もう酒はやめたんだと彼は言った。それから立ち上がると、自分の農場への行き方を尋ねた。二人は駅の裏口から出た。カピタン・ホウルダンは向こうだよ、とセベーロ・インファンテは言った。干上がった池を越えたらすぐ。アラモ・ネグロは反対方向で、もう少し遠いんだが、日があるうちなら迷わないよ。元気でな、とペレーダは言うと、自分の農場に向かって歩き始めた。

母屋は廃墟同然だった。その晩は冷え込み、ペレーダは木片を集めて火を熾そうとしたが、燃やせるものは何も見つからず、結局オーバーにくるまってスーツケースに頭を載せ、明日は明日の風が吹く、と自分に言い聞かせながら眠りに落ちた。夜明けの最初の光で目を覚ました。井戸にはまだ水があったが、バケツがなく、ロープも腐っていた。ロープとバケツを買わないとな、と思った。列車のなかで買ったピーナッツの残りを朝食代わりに食べ、天井の低い無数の部屋を見て回った。その後、カピタン・ホウルダンに向かったが、道中、牛ではなく兎が目に入るのを奇妙に思った。彼は不安になりながら兎を見つめた。兎はときおり飛び跳ねてはペレーダのほうに近づいてきたが、腕を振り回すといなくなった。銃の愛好家だったことはなかったが、そのときはひとつあってもいいと思った。それはともかくとして、道のりは快適だった。空気は澄み渡り、空は明るく、寒くもなく暑くもなく、ときおりパンパの向こうに消えていく木が目に入り、彼は詩情をかき立てられた。木と荒れ果てた草原だけの飾り気のない風景が自分のためだけにそこにあって、彼の到着をじっと待っていたかのようだった。

カピタン・ホウルダンには舗装された道路はひとつもなく、家々の正面には埃が厚く積もっていた。町に入ると、プラスチックの造花が咲いた植木鉢が並んだそばで男が居眠りしているのが見えた。だらしがないな、まったく、と彼は思った。中央広場は大きく、煉瓦造りの町役場が、見捨てられた低い建物の並びのなかでわずかに文明の香りを漂わせていた。広場で煙草を吸っていた庭師に、金物屋はどこにあるのかと尋ねた。庭師は興味津々の様子で彼を見つめると、町で唯一の金物屋の戸口まで連れていってくれた。店主はインディオで、在庫限りの三つ撚りのロープを四十メートル分すべて売ってくれ、ペレーダはほつれでも探すかのようにして長いことロープを調べた。彼は買うものを決めると、つけといてくれ、と言った。誰につけとくって？　マヌエル・ペレーダにだよ、とペレーダは店の隅に買うものを次々に積み上げながら言った。それから、馬はどこで買えるのかとインディオに尋ねた。インディオは肩をすくめた。もうここには馬は残っていないよ、と彼は言った。兎だけだ。ペレーダは冗談だろうと思い、乾いた短い笑いを返した。店の戸口から二人を見ていた庭師が、ドン・ドゥルセの農場ならまだらの赤毛の馬を融通してくれるかもしれないと言った。ペレーダがその農場の目印を尋ねると、庭師は数ブロック同行してくれて、瓦礫だらけの空き地にたどり着いた。その先には平原が広がっていた。

その農場には〈わが楽園《ミ・パライソ》〉と表札があり、アラモ・ネグロよりはましな状態にあった。雌鳥が何羽か、中庭の地面をついばんでいた。納屋の扉は蝶番を外され、誰かの手によってそばの壁に立てかけられていた。インディオ風の子供たちが、石のついた投げ縄で遊んでいた。母屋から女が出てきて挨拶した。ペレーダは水を一杯くれないかと言った。飲みながら、ここでは馬を売っているかと尋ねた。旦那様をお待ちください、と女は言うと、家のなかに戻った。ペレーダは井戸のそばに腰を下ろし、まるで中庭で肉を酢漬けにでもしているかのようにそこらじゅうから湧いてくる蠅を追っ払っていたが、ペレーダが知っている酢漬けと言えば、イギリスから直輸入している店から何年も前に買ったキュウリのピクルスだけだった。一時間もすると、ジープの音が聞こえ、彼は立ち上がった。

ドン・ドゥルセは背が低く、ピンク色の顔と青い目の男で、涼しくなりかけていた時刻にもかかわらず、半袖の白いシャツ姿だった。ジープから彼と一緒に、もっと背が低く、裾の広いズボン《ボンバーチャ》を穿き、腰には布《チリパー》を巻いたガウチョが降りてきて、ペレーダをちらりと見やると、兎の毛皮を納屋に運び始めた。ペレーダは自己紹介した。ドン・ドゥルセは彼を夕食に招待した。テーブルについたのは、主人、先を買いたいのだと告げた。ペレーダは自己紹介した。自分はアラモ・ネグロの所有者で、農場に若干手を入れて、馬ほど姿を見せた女、子供たち、ガウチョ、そしてペレーダだった。暖炉は部屋を暖めるためではなく、肉を焼くのに使われていた。パンは固くて種なしで、ユダヤ人の種なしパンみたいだな、とペレーダはふと懐かしさに襲われて、ユダヤ系だった妻を思い出しながら考えた。だが〈わが楽園〉にユダヤ的なものは何もなさそうだった。ドン・ドゥルセはまるで地元民のように話していたが、本当はビジャ・ルロ育ちで、パンパに暮らすようになってまだ日が浅いかのように、ブエノスアイレスのならず者の言葉遣いがところどころ口をついて出るのをペレーダは聞き逃さなかった。

馬を買う段になると、話は難なく進んだ。いずれにしろ売りに出せる馬は一頭しかいなかったので、ペレーダに選択の余地はなかった。支払いはたぶん一か月先になると言ったとき、ドン・ドゥルセは抗議しなかったが、夕食のあいだ一度も口を開かなかったガウチョが、油断ならないというような目つきでペレーダを見た。彼らは馬に鞍を載せ、ペレーダに帰り道を教え、別れの挨拶をした。

馬に乗るのはいつ以来だろう？　とペレーダは思った。一瞬、ブエノスアイレスの快適さとブエノスアイレスの肘掛け椅子に慣れきった骨が折れてしまうのではないかと怖くなった。タールを塗ったような闇だった。その言い回しがペレーダには馬鹿げているように思えた。ヨーロッパの夜はタールを塗ったような闇だが、アメリカ大陸の夜は、虚空みたいにつかみどころがなくて、宙に浮いたような、上にも下にも守ってくれるもののない、完璧な野ざらしのような暗さだった。雨に優しく打たれるんだな、とドン・ドゥルセが叫ぶのが聞こえた。ああ、そう願うよ、と彼は暗闇から答えた。

自分の農場まで戻る途中、何度かうとうとした。最初、肘掛け椅子の雨が大都市に降り注ぐ夢を見、最後にその街がブエノスアイレスだと気づいた。肘掛け椅子は突然燃え上がり、その明るさで街の空を照らしていった。その次は、父親と並んで馬に乗り、アラモ・ネグロから遠ざかっていく夢を見た。父親は悲しげだった。僕たち、いつ戻るの？　と少年は父親に尋ねた。もう戻らないよ、坊や、と父は言った。カピタン・ホウルダンの通りに入ったところで、二度目の居眠りから目覚めた。角の店が開いていた。声が聞こえ、ボルヘスの本で読んだように誰かがギターをかき鳴らしていたが、何かの曲を弾こうとするのではなく、弦の調子を合わせているだけの音だった。一瞬、自分の運命、自分のいまいましいアメリカ大陸的な運命が、「南部」のダールマンと似ていると思ったが、それは間違っているように思えた。ひとつには、彼はこの町で借金を作っていたし、またひとつには死ぬ覚悟もできていないからだったが、ペレーダは、死ぬ覚悟ができている者などいないことはよく知っていた。突然ひらめいて、彼は馬に乗ったまま酒場に入った。店内には、ギターをかき鳴らす年老いたガウチョと店員、それにテーブルには若い男が三人座っていたが、馬が入ってくるのを見ると飛び上がった。心のなかで悦に入りながら、ペレーダは、アントニオ・ディ・ベネデットの短篇からそのまま抜け出してきたような場面だと思った。それでも表情を固くして、トタン板で覆われたカウンターに近づいた。火酒《アグアルディエンテ》を一杯注文すると、片手で飲み、もう片方の手には、ガウチョの伝統である合口をまだ手に入れていなかったので鞭を隠し持っていた。店主に勘定をつけにしておくよう言いつけ、去りぎわ、若いガウチョたちのそばを通りすぎようとしたところで自分の権威を再確認したくなって、唾を吐くから脇へよけろと命じた。喉にからまった毒のある痰が口からすぐに吐き出されると、何が起きたのかも分からず怯えた彼らは飛び跳ねる暇もなかった。雨に優しく打たれるんだな、と彼は言うと、カピタン・ホウルダンの暗闇に消えていった。

それ以来、ペレーダは毎日、ホセ・ビアンコと名づけた馬に乗って、村に出かけるようになった。たいていは農場の修理に使う道具類を買いに行ったが、庭師や酒場の主人、金物屋の店主とひとしきり雑談して長居することもあり、彼らの在庫を日に日に減らし、各々に自分のつけを増やしていった。この集まりにはやがて、ペレーダの語る話を聞こうと、ほかのガウチョや商店主、ときには子供たちまでが加わった。話の内容は必ずしも陽気なものばかりではなかったが、語りがうまくいったことは言うまでもない。たとえば彼は、昔ホセ・ビアンコとよく似た馬を飼っていたが、警察ともめごとを起こしたときに殺されてしまったと語った。運よくおれは判事だった、と彼は言った。警察の連中は、判事や元判事と出くわすと、たいてい尻込みするんだ。

警察は秩序だ、と彼は言った。いっぽう、おれたち判事は正義だ。違いが分かるか？　ガウチョたちはたいてい頷いたが、全員が彼の話を分かっているわけではなかった。

またあるときは駅まで行き、幼なじみのセベーロが小さいころのいたずら話を思い出すのに耳を傾けながら時間をつぶした。ペレーダは心のなかで、セベーロの話に出てくるほど自分は間抜けではなかったと思っていたが、セベーロが疲れるか居眠りするまで好きに話させておき、それから弁護士はホームに出て、自分に手紙を運んできてくれるはずの列車の到着を待った。

ようやく手紙が届いた。手紙のなかで料理女は、ブエノスアイレスでの生活は厳しいけれど心配はいらない、自分も家政婦も二日に一度はお宅へ顔を出し、部屋は今までどおりだと書いていた。近所には、経済危機とともに突然無秩序な状態と化したと思しきアパートもありますが、旦那様の部屋はいつもどおり、あるいはいままで以上に清潔で、品格を保っており、快適でございます、というのも、使っているとものは傷むものですから。その後、料理女の手紙は、隣人たちをめぐるどうでもいいうわさ話、誰も彼もが騙されたと感じ、トンネルの先には少しも光が見えなかったためにあきらめの色を帯びたうわさ話が続いた。料理女は、悪いのはペロン主義者たち、盗人の一団だと信じていたが、いっぽう家政婦のほうはもっと辛辣で、責任は政治家全員にあるばかりでなく、羊のように従順で、ついに相応の報いを受けたアルゼンチンの一般大衆にもあると見ていた。彼への送金については、二人が引き受けるので心配はいらないが、問題は、途中で不届き者にくすねられないように届ける方法がまだ見つからないことだった。

夕暮れ時になると、弁護士は速歩《トロット》でアラモ・ネグロに戻りながら、前にはなかった廃屋が何軒かあるのを、ときおり遠くに認めた。ときどき、細い煙の柱が廃屋から立ち昇り、パンパの広大な空に消えていった。またあるときには、ドン・ドゥルセと彼のところのガウチョの乗った車とすれ違い、彼らはジープに乗ったまま、弁護士もホセ・ビアンコから降りずに、話したり煙草を吸ったりすることもあった。そんなときドン・ドゥルセは兎狩りの最中だった。あるとき、ペレーダがどうやって狩るのかと尋ねると、ドン・ドゥルセはガウチョに命じて、鳥かごと鼠捕りの中間のような罠をひとつ見せてくれた。ともかく、罠を仕掛けたその場所でガウチョが皮を剝いでしまうために、ジープには一匹の兎も見当たらず、毛皮があるだけだった。別れ際、ペレーダはいつも、ドン・ドゥルセの仕事は祖国の品位を高めるというよりはむしろ下げていると思わざるをえなかった。本物のガウチョが兎狩りをして生計を立てるだなんて、と彼は思った。それから馬を優しく撫でて、さあ行くぞ、おい《チェ》、ホセ・ビアンコ、おいで、と言うと、農場に戻っていった。

ある日、料理女がやってきた。金を持ってきたのだ。駅から農場までのあいだ、彼女は途中まで弁護士の馬の後ろに乗っていたが、そのあとは二人でパンパを眺めながら黙って歩いた。そのころまでに農場は、ペレーダが来たときよりも住み心地よくなっていて、二人で兎のシチューを食べ、その後料理女は、石油ランプの明かりのもと、持ってきた金を手渡し、どこから引き出したのか、現金を作るためにどの調度品を二束三文で売り払ったのかを説明した。ペレーダはわざわざ紙幣を数えたりしなかった。翌朝、目を覚ますと、料理女が夜通し部屋の掃除をしていたことが分かった。そのことで彼女をたしなめた。ドン・マヌエル、と彼女は言った。このままじゃ豚小屋ですよ。

二日後、料理女は弁護士の頼みを聞き入れずに鉄道でブエノスアイレスに戻った。わたしはブエノスアイレスにいないと、自分ではない気がしてしまうんです、と彼女は、ほかに乗客の見当たらない駅のホームで彼に説明した。それに、わたしももう歳ですし、違う人間にはなれません。女というのはいつもこうだ、とペレーダは思った。何もかも変わり始めています、と料理女は説明した。街は物乞いだらけで、まともな人たちは彼らの腹に何か入れようと、地区の炊き出しに協力しています。公に認められたものをのぞいても、十種類の通貨が出回っています。退屈している人はいません。絶望はしていますが、退屈はしていません。料理女が話しているあいだ、ペレーダは線路の向こう側に顔を出している兎を見つめていた。兎も彼らを見つめていたが、その後ぴょんと跳ねて野原に消えた。ときどき、このあたりはシラミかノミだらけに見えるな、と弁護士は思った。料理女が持ってきた金でつけを払い、崩壊しかけている母屋の屋根を修繕するために二人のガウチョを雇った。問題は、彼が大工仕事を少しも知らず、ガウチョに至ってはもっと知らないことだった。

ガウチョのひとりはホセといい、七十歳くらいのはずだった。馬はもっていなかった。もう一人はカンポドーニコという名で、おそらくホセよりも若かったが、もしかすると年上かもしれなかった。二人ともボンバーチャを穿いていたが、頭に被っていたのは兎の毛皮で作った手製の帽子だった。二人とも家族はいなかったので、ほどなくしてアラモ・ネグロに住み込むようになった。夜になるとペレーダは、たき火の光のなかで、彼の想像のなかでだけ起きた冒険譚を二人に聞かせて時間をつぶした。アルゼンチンの話、ブエノスアイレスの話、パンパの話をし、この三つのうちどれを選ぶかと二人に尋ねた。アルゼンチンは小説だ、とペレーダは二人に言った。だから偽物か、せいぜい見せかけでしかない。ブエノスアイレスは盗人とならず者の土地、地獄に似た場所で、価値あるものと言えば女だけ、だがときどき、といってもめったにないが作家もいる。それにひきかえ、パンパは永遠だ。無限の墓地というのがいちばん似ているな。無限の墓地を想像できるか？　とペレーダは二人に尋ねた。ガウチョたちは微笑んで、正直なところそういうものを想像するのは難しい、なぜなら墓場というのは人間のためにあって、人間は確かに大勢いるとはいえ、間違いなく数に限りがあるから、と言った。おれが話している墓場はだな、とペレーダは答えた。永遠の忠実な写しなんだ。

残っていた金でコロネル・グティエレスへ行き、雌馬と子馬を一頭ずつ買った。雌馬は乗るのに使えたが、子馬はほとんど何の役にも立たず、そのうえ世話に手がかかった。ときどき、夕方になって仕事に飽きたり何もやることがなかったりすると、二人のガウチョを連れてカピタン・ホウルダンへ出かけた。ペレーダはホセ・ビアンコにまたがり、二人のガウチョは雌馬にまたがった。彼が酒場に入ると、敬意のこもった沈黙が辺りに広がった。アルゼンチン式トランプのトゥルーコをする者もいれば、チェッカーをやる者もいた。ふさぎ込みがちの町長が姿を見せると、いつも四人ほどの勇者たちが名乗り出て、外が明るくなるまでモノポリーに興じた。ペレーダにとってこのゲームの習慣（言うまでもなくモノポリーをする習慣）は、下劣で恥ずべきことに思われた。酒場はおしゃべりをしたり、他人の話に静かに耳を傾ける場所じゃないか、と彼は思った。酒場は空っぽの教室みたいだ。酒場は煙たい教会だ。

別の地方から来たガウチョや道に迷った行商人が酒場にふらりと現われた夜などはとくに、決闘を仕掛けたくてたまらなくなった。真面目な決闘ではなく、ちょっとした喧嘩だが、煤だらけの棒きれではなく、ジャックナイフを使うのだ。そうでないときは、二人のガウチョに挟まれて眠り込み、二人の子供の手を引いた妻が、野蛮人の暮らしをするようになった自分をなじる夢を見た。この国のほかの連中はどうなんだ？　と弁護士は言い返した。でもあなた《チェ》、そんなの言い訳にならないわよ、とペレーダ夫人は問い詰めた。そのとき妻の意見は正しいと思い、弁護士の両目は涙で溢れた。

　しかし、たいていの夢は穏やかで、朝起きたときには生気に溢れ、働く意欲に満ちていた。とはいえ、実際のところ、アラモ・ネグロに仕事はそれほどなかった。母屋の屋根の修理は散々な結果に終わった。弁護士とカンポドーニコは家庭菜園を始めようとして、コロネル・グティエレスで種を買ってきたが、土はどんな外来種も受けつけないようだった。しばらくのあいだ、弁護士は〈わが種馬〉と呼ぶ子馬を雌馬と交尾させようとした。雌馬が雌の子馬を一頭産んでくれればなおいい。彼の想像では、こんなふうにしてやがて厩舎を復活させ、その他すべてのことも好転するはずだったが、子馬は雌馬と交わる気がなさそうで、数キロ四方を見渡しても、役に立ちそうな馬は見当たらなかった。ガウチョたちは持ち馬を畜殺場に売り払い、パンパの果てしない道を、今では徒歩か自転車、あるいはヒッチハイクで移動していたからだ。

　おれたちもずいぶん堕落したもんだ、とペレーダは話を聞く連中にこぼすのが常だった。だがおれたちはまだ男らしく立ち上がれるし、男らしく死ぬことだってできる。彼もまた生き延びるために、兎用の罠を仕掛けざるをえなかった。日が暮れて農場を出るとき、彼はしばしば、ホセとカンポドーニコと、この二人に加わった老いぼれ《ビエホ》というあだ名のもう一人のガウチョに、罠を空にする仕事を任せ、自分は何軒かの廃屋のあるほうに向かった。そこにいたのは若者たちで、彼のところのガウチョたちよりも若かったが、それでいて会話を楽しもうという気はなく、神経質そうだったので、食事に招こうと思う連中ではなかった。ところどころ鉄条網が残っていた。ときおり馬に乗ったまま線路に近づいて、馬も自分も草を食みながら、鉄道が通り過ぎるのをしばらく待ってみたが、ほとんどの場合、鉄道は来ず、まるでアルゼンチンのその部分が地図からも記憶からも消されてしまったかのようだった。

ある午後、無駄だと思いつつも子馬と雌馬の交尾を試みていると、パンパを突っ切ってアラモ・ネグロにまっすぐ向かってくる自動車が見えた。車は中庭に停まり、四人の男が降りてきた。自分の息子だと分かるのに時間がかかった。べべのほうも、髭を生やしてぼさぼさの髪を長く伸ばし、ボンバーチャを穿いて、すっかり日焼けした上半身の老人を見たとき、父だと分かるのに同じくらい時間がかかった。わが魂の息子よ、わが血の血よ、わが人生の証よ、と言いながらペレーダは息子を抱擁し、べべが友人たち、ブエノスアイレス出身の二人の作家と、本と自然を愛し、旅費を負担してくれた出版人のイバロラを紹介すると言って止めなければ、父はまだ続けていたに違いない。息子の招待客に敬意を表し、その夜、弁護士は中庭に大きなたき火を熾させて、カピタン・ホウルダン一のギター弾きであるガウチョを連れてきた。もっとも、そのガウチョには前もって、それ以上のことはするな、つまりギターは爪弾くにとどめ、田舎のしきたりにしたがって歌など歌ったりしないようにと注意しておいた。

さらに、カピタン・ホウルダンから十リットルのワインと一リットルの火酒を、カンポドーニコとホセが町長のバンを借りて運び込んだ。弁護士は兎もたくさん仕入れ、一人につき一匹ずつ焼いたが、都会の人間はその種の肉はさほど喜ばなかったようだった。その夜、火の周りには、彼のところのガウチョやブエノスアイレスの連中のほか、三十人以上が集まった。宴会が始まる前、ペレーダは大声で、喧嘩はごめんだぞ、場違いだし、この土地の人間は穏やかで兎一匹殺すにも苦労するんだからな、と警告した。それでもやはり、弁護士は数多い部屋のひとつを、どんちゃん騒ぎに集まった連中の小さいナイフや小刀を預かる場所にしようと思ったが、その後、そこまでする必要はないと思い直した。

朝の三時になると、年嵩の連中はカピタン・ホウルダンへの帰路につき、農場に残っていたのは、食べ物も飲み物も尽きてブエノスアイレスの客も寝床についていていたために手持ち無沙汰になった何人かの若者だけだった。翌朝、ベベは自分と一緒にブエノスアイレスに戻るよう父を説き伏せようとした。あっちでは少しずつよくなっているよ、とベベは言った。それに自分の生活もそんなにひどくない。ベベは父に、たくさん持ってきたプレゼントのなかから本を一冊取り出して、スペインで出版されたものだと言った。ぼくはいまや、ラテンアメリカ全土で知られる作家なんだ、と彼は言い切った。正直なところ、弁護士には何の話か分からなかった。結婚したのかどうか尋ねると、ベベはしていないと答えたので、インディオの女を一人見つけて、アラモ・ネグロに住めと勧めた。

インディオの女、とベベは鸚鵡返しに言い、弁護士にはその声が夢見ているかのように響いた。

息子が持ってきたプレゼントのなかには、弾倉が二つと弾薬一箱をつけたベレッタ92があった。弁護士は驚いて拳銃を見つめた。これが本当にいると思ってるのか？　と彼は尋ねた。それは分からないよ。ここには頼れる人がいないし、とベベは言った。午前中の残りは、田舎を一目見たいというイバロラのために雌馬に鞍をつけてやり、ペレーダはホセ・ビアンコにまたがって付き添った。出版人は二時間ほどのあいだ、カピタン・ホウルダンの住民が営んでいる、彼からするとのどかで野生味のある生活をほめちぎった。ひとつめの廃屋が目に入ると、彼は馬を早足《ギャロップ》で進めさせたが、想像よりもかなり遠かったので、この廃屋に着かないうちに兎が跳んできて彼の首に噛みついた。出版人の叫び声はたちまち広漠のなかに消えた。

ペレーダのいた場所からは、地面から飛び跳ねて出版人の頭に向かって弧を描き、その後消えていく黒い染みだけが見えた。バスク野郎が、と弁護士は思った。ホセ・ビアンコに拍車をかけ、イバロラに追いつくと、彼は片手で首を押さえ、もう片方の手で顔を覆っていた。ペレーダは声はかけずに彼の手をよけた。耳の下に引っかき傷があり、出血していた。ハンカチはあるかと尋ねた。出版人は頷き、そのとき初めて、彼が泣いていることに弁護士は気づいた。傷にハンカチを当てな、と彼は言った。その後、雌馬のほうの手綱を摑み、二人で廃屋に近づいてみた。人気《ひとけ》がなかったので、馬は降りなかった。農場に戻るまでのあいだ、イバロラが傷に押し当てていたハンカチは赤く染まっていった。二人とも口を利かなかった。農場に着くと、ペレーダはガウチョたちに言いつけて、出版人を上半身裸にして中庭のテーブルに寝かせ、その後、彼が傷口を洗い、熱したナイフの真っ赤な刃で焼灼《しょうしゃく》して、最後に別のハンカチをガーゼ代わりに当て、古いシャツを残り少ない火酒に浸し、即席の包帯にして巻いた。効くかどうかというよりは、しきたりを守った治療法だったが、試すのは無駄ではなかった。

息子と二人の作家がカピタン・ホウルダンの散策から戻ると、イバロラはまだテーブルの上で気を失っていて、そばの椅子に座ったペレーダが、まるで医学生のように彼をじっと見つめていた。ペレーダの背後から、農場の三人のガウチョが、やはり怪我人から目を離さずにじっと見つめていた。

太陽が中庭を容赦なく照りつけていた。なんてこった、とベベの友人の一人が叫んだ。お前の親父、出版人を殺しやがった。だが出版人は生きていて、意識を取り戻したときには、傷跡を別にすれば――のちに、自慢げに見せて回っては、蛇に咬まれて焼灼した跡だと説明することになる――かつてないほどいい気分だとさえ言ったものの、その晩には作家たちとブエノスアイレスに向けて発った。

それ以来、都会からやってくる客が減ることはなかった。しばしばベベがひとりで、乗馬用の服を着込み、犯罪ものとも物悲しい話ともつかない物語を書きためていたノートを何冊か携えて姿を見せた。またあるときにはブエノスアイレスの名士たちを連れてやってくることもあった。たいていは作家だったが、しばしば画家が交じっていて、ペレーダはこの種の招待客を下にも置かぬ歓待ぶりで迎えた。画家というのは、どういうわけか、アラモ・ネグロ周辺を一日じゅううろついているだけのガウチョたちよりも大工仕事や左官仕事に熟知していたからだった。

一度、ベベが精神分析医を連れてきたことがあった。その女医は金髪で、冷たい青い目をして、頬骨が高く、『ニーベルングの指環』の端役のようだった。ペレーダから見た彼女の唯一の欠点は、しゃべりすぎることだった。ある朝、ペレーダは精神科医を散歩に誘った。彼女はそれに応じた。彼女のために雌馬に鞍をつけてやり、ペレーダはホセ・ビアンコにまたがって、二人は西のほうへ向かった。途中、精神科医はブエノスアイレスにある診療所での仕事の話をした。どんな人もますます不安になっています、と彼女は、弁護士あるいは道中こっそり馬のあとをついてきた兎に向かって言った。彼女によれば、このことは事実だと証明されていて、精神不安というのはおそらく病気ではなく、潜在的な正常性のひとつの形のことであり、それはたいていの人に備わっている正常性のすぐ下にあるのだと彼女は推測するようになっていた。ペレーダにはこのような話はちんぷんかんぷんだったが、息子が招待した客の美しさに気後れしていたために、あえて何か意見を付け加えるのは控えておいた。正午に二人は馬を降り、兎の干し肉とワインの昼食をとった。ワインと肉、光に触れて雪花石膏《アラバスター》のように照り輝き、プロティンの力で文字どおり沸き立っているような黒っぽい肉によって、精神科医の詩心は刺激され、その後、ペレーダが横目で見ているうちに、くつろいで羽目を外した。

よく響く声で、彼女はホセ・エルナンデスとレオポルド・ルゴーネスの詩句を引用し始めた。いったいどこでサルミエントは道を間違えたのかと声高らかに自問した。彼女が書物や功績を次々に列挙していくあいだ、二頭の馬はわれ関せずといったふうに、トロットで西のほうへ、ペレーダ自身も行ったことはないが、たとえときおり煩わしくともこんな素敵な同伴者とならば行ってみたい方角へ向かっていった。五時ごろになると、地平線のかなたに農場の骨組みが見えた。二人は嬉しくなり、その方角に馬を向かわせたが、六時になってもまだ着かず、精神科医は、人はときどき距離というものにだまされるのだと口にした。ようやく着くと、五、六人の栄養失調の子供と、幅広のスカートを穿いた女が、足に動物でも巻きつけているかのようにスカートをひどく膨らませて出てきてあいさつした。子供たちの目が精神科医に釘付けになったので、彼女は最初、母性を発揮しようとしたが、すぐにやめた。というのも、のちに彼女がペレーダに説明したところによると、子供たちの目つきに悪意を、彼女自身の表現によれば、子音と金切り声と怨嗟に満ちた言葉のなかに、あるよこしまな企みがめぐらされているのに気づいたからだった。

ペレーダは、精神科医は頭があまりまともではないのだとの確信を深めつつ、迎えに出た女の歓待を受けた。女は、古い写真がそこらじゅうにべたべた貼られた部屋に夕食を用意し、食事のあいだ、農場主たちはかなり前に街（どの街かは言えなかったが）に行ってしまい、農場の働き手は月給をあてにできなくなり、だんだん離れていったのだと語った。女は川やその氾濫についても話したが、どこにその川があるのかペレーダには見当もつかず、カピタン・ホウルダンで誰かが川の氾濫の話をするのを聞いたこともなかった。料理は言うまでもなく兎のシチューだったが、女の腕前は大したものだった。辞去する前にペレーダは、いつかここでの暮らしが嫌になったときのためにと、自分の農場、アラモ・ネグロの方角を指した。払いはよくないが、仲間だけはいる、と彼は重々しい声で言ったが、まるで生のあとには死がやってくるのだと説明するかのような口ぶりだった。その後、自分のまわりに子供たちを集め、忠告を三つ与えた。話が終わると、精神科医とスカートの女はそれぞれ椅子で眠り込んでいた。出発したときには夜が明けかかっていた。パンパに満月の光がきらめいて、ときおりどこかで兎が飛び跳ねるのが目に入ったが、ペレーダは気に留めず、長い沈黙のあと、亡き妻が好きだったフランス語の歌を口ずさみ始めた。

その歌は、波止場と霧、不実な恋人たち――要するに、どこにでもいる恋人たちのことだ、と彼は寛大に考えた――と、決して裏切ることのない風景を歌っていた。

ときどき、ホセ・ビアンコにまたがるか歩くかして、はっきりしない農場の境界線を巡っているあいだ、ペレーダは、仮に家畜が戻ってきたところで、昔のようにはならないのだと思った。牛たちよ、と彼は叫んだ。どこにいるんだ？

冬になると、スカートの女が子供たちを引き連れてアラモ・ネグロにやってきて、状況は変わった。カピタン・ホウルダンには彼女を知る者が何人かいて、再会を喜んでいた。女は口数が少なかったが、そのころまでにペレーダが雇っていた（といってもしばしば何か月も給料を払わずにいたので、名ばかりだったが）六人のガウチョよりも、彼女のほうが間違いなく働き者だった。いずれにせよ、ガウチョのなかには、時間についていわば特異な概念をもつ者がいた。ひと月が四十日あり、それで頭痛が起こることもないのだった。一年は四百四十日あった。ペレーダを含め、連中のうち誰一人として、実際にその話題について考えようとはしなかった。たき火の温もりを感じながら電気ショック療法について話すガウチョもいれば、プロのスポーツ解説者のように話すガウチョもいたが、彼らが話題にするサッカーの試合は、昔、彼らが二十歳か三十歳で、どこかのチームの熱狂的なサポーターだったころに行なわれたものだった。まったくなんて野郎どもだ、とペレーダは、愛おしさを、もちろん男だけが分かる愛おしさを覚えた。

ある晩、その年寄りたちが、歴史的な遠征に向かうひいきチームを追いかけようとした大人たちがミルクも与えずに子供たちを置いていった精神病院やスラム街についてとりとめもなく話すのにうんざりしたペレーダは、お前たちはどんな政治的意見をもっているのかと尋ねてみた。ガウチョたちは最初、政治の話には気がすすまなそうなそぶりを見せたが、促してみると、しまいに彼らの誰もが何らかの形でペロン将軍を懐かしがっていることが判明した。

おれたちの仲もここまでだ、とペレーダは言うとナイフを抜いた。少しのあいだ、彼はガウチョたちも同じことをするだろう、今夜いよいよ自分の運命が決まるのだと思ったが、老ガウチョたちは怯えて後ずさりし、いったいどうしたのか、おれたちはあんたに何かしたか、何があったんだ、と尋ねた。たき火の明かりで彼らの顔に虎のような縞模様ができていたが、ペレーダは手にナイフを握って震えながら、アルゼンチンの罪、あるいはラテンアメリカの罪が彼らを猫に変えてしまったのだと思った。だから牛の代わりに兎がいるんだな、と彼は踵を返して自室に戻りながらつぶやいた。

可哀想だからここでは殺さん、と彼らに向かって叫んだ。

翌朝、ペレーダは、ガウチョたちがカピタン・ホウルダンに戻ったのではないかと思ったが、一人も欠けておらず、まるで何事もなかったかのように、中庭で働いたり、たき火のそばでマテ茶を回し飲みしたりしていた。数日後、西の農場からスカートの女がやってくると、この女が兎を調理する十種類の異なる方法、スパイスの見つかる場所、畑の作り方と野菜の育て方を知っていたおかげで、アラモ・ネグロは食事をはじめとしてよい方向に向かっていった。

ある晩、その女は廊下を歩き回ったのち、ペレーダの部屋に入り込んだ。女が身につけていたのはペチコートだけで、弁護士はベッドに場所を作ると、その夜はずっと、平らな天井を眺めながら、脇腹に暖かくなじみのない体を感じて過ごした。夜が明けるころ眠りに落ち、目が覚めたときには女はいなかった。土臭い女と同衾か、と息子のべべはそのことを伝えられたとき父に言った。本当に寝ただけだ、と弁護士は言い返した。そのころまでに、彼はあちこちで借金を繰り返しながら、厩舎を増築して四頭の雌牛を手に入れていた。暇を持て余すと、午後はホセ・ビアンコに鞍をつけて牛を散歩に連れ出した。それまで牛を見たことがなかった兎たちは、驚いて牛を見つめていた。

ペレーダと牛は、まるで世界の終わりに向かっているように見えたが、実際は散歩しているだけだった。

ある朝、アラモ・ネグロに女医と看護師が現われた。二人はブエノスアイレスで職を失い、いまはスペインのNGO団体で移動検診サービスに従事していた。その女医はガウチョたちに肝炎のウイルス検査を受けさせようとしていた。一週間後、彼らはふたたびやってきて、ペレーダは二人をできるかぎり手厚くもてなした。兎肉のライスを作ってやると、女医はバレンシアのパエリャよりも美味しいと言い、その後、ガウチョ全員にただで予防接種を始めた。料理女には錠剤の入った小瓶を渡し、毎朝子供に一錠ずつ飲ませるようにと言った。二人が帰る前、ペレーダはガウチョたちの具合がどうなのか知りたがった。貧血症ですね、と女医は答えた。でもB型肝炎とC型肝炎に罹っている人はいません。それが分かってほっとしたよ、とペレーダは言った。そうですね、とりあえずひと安心です、と女医は言った。

二人が帰る前、ペレーダは、彼らが乗っていたバンのなかに一瞥をくれた。後部座席には、寝袋と、応急手当に使う薬や消毒液が入った箱が山積みになっていた。これからどこへ行くつもりなんだ？　と彼は尋ねた。南へ向かいます、と女医は言った。目が赤かったが、ペレーダにはそれが睡眠不足によるものか、それとも泣いていたからなのかは分からなかった。車が出発し、砂埃だけが残されたとき、彼らの不在をさびしく感じるだろうと思った。

その晩、彼は店に集まったガウチョたちに話しかけた。おれたちは記憶を失いかけてる気がする、と連中に言った。ま、それはそれで結構なことだ。ガウチョたちは初めて彼の言うことを彼よりもよく理解しているかのように彼を見つめた。ほどなくしてべべから手紙が届き、そこには、自宅の売却手続きの書類に署名がいるのでブエノスアイレスに来てもらわなくてはならないと書かれていた。ペレーダは思った。鉄道で行こうか、それとも馬で行こうか。その夜はほとんど眠れなかった。歩道に人だかりができているところに、自分がホセ・ビアンコにまたがって登場する場面を想像した。停止した自動車、唖然として声も出ない警官たち、にやりとする新聞売り、同胞たちが栄養不良のせいで動きを節約しながらサッカーをする空き地。このように舞台が整ったところでブエノスアイレスに入っていくことは、イエス・キリストのエルサレム入城、あるいはアンソールの描いたブリュッセル入城と同じ意味合いをもっていた。どんな人間も、人生のどこかでエルサレムに入城するものなんだと彼はベッドで寝返りを打ちながら思った。例外なく。それっきり出てこない者もいる。でもほとんどは出てくる。その後、おれたちは捕えられ、十字に架けられる。ことに、哀れなガウチョは。

彼は、中心街の街路を、ブエノスアイレスならではの魅力が備わった実に美しい街路を思い描いた。そこに忠実なるホセ・ビアンコにまたがって分け入ると、建物の上階から白い花の雨が降り始めるのだ。誰が花を投げているのだろう？　街路にも建物の窓にも人気《ひとけ》がなかったので、それは分からなかった。きっと死者の仕業だな、とペレーダはうとうとしながら考えた。エルサレムの死者とブエノスアイレスの死者。

翌朝、スカートの女とガウチョたちと話し、しばらく留守にすることを伝えた。誰も何も言わなかったが、夜、夕食の席でスカートの女が彼に、ブエノスアイレスに行くのかと尋ねた。ペレーダは頷いた。だったら気をつけてくださいね、雨が優しく降り注ぎますように、と女は言った。

二日後、彼は鉄道に乗り、三年以上前に来た道のりを逆に辿った。コンスティトゥシオン駅に着いたとき、何人かは仮装した人でも見るかのように彼を見つめたが、ほとんどの人は、半分はガウチョ、半分は兎の猟師のような格好の年寄りを見ても、あまり気にしていないようだった。彼を家まで乗せたタクシーの運転手は、どこから来たのか知りたがり、ペレーダが考えにふけって自分のなかに閉じこもっているのを見ると、スペイン語は話せるのかと尋ねた。ペレーダはその返答として、袖口からナイフを取り出すと、山猫のように伸びた爪を切り始めた。

家には誰もいなかった。玄関のドアマットの下に鍵があったので、なかに入った。家は清潔に見え、それも清潔すぎるくらいで、樟脳の匂いがした。疲れきっていたペレーダは寝室まで身を引きずっていくと、長靴も脱がずにベッドにどさりと倒れ込んだ。目が覚めると、暗くなっていた。明かりも点けずに居間へ向かい、料理女に電話をかけた。最初、夫が出て、電話をかけてきたのが誰なのか知りたがったので名乗ったものの、よく分かっていないようだった。その後、料理女が電話に出た。ブエノスアイレスにいるんだ、エステラ、と彼は言った。料理女に驚いた様子はなかった。ペレーダは、自分が帰ってきたのを知って嬉しくないのかと尋ねると、ここでは毎日新しいことが起きますからね、という答えだった。その後もう一人、家政婦に電話をかけてみたが、機械的な女性の声が、おかけになった電話番号は現在使われておりません、と彼に伝えた。がっかりして、たぶん空腹でもあったのだろう、彼は使用人たちの顔を思い出そうとしたが、浮かんでくるイメージは曖昧模糊としていて、廊下を動き回る影、清潔な衣服の舞い、つぶやきとくぐもった声といったものだった。

電話番号を覚えているとは、と、居間の暗がりに腰を下ろしたペレーダは思った。少ししてから外へ出かけた。知らず知らずのうちに、べべがかつて友人の芸術家たちと集っていたカフェに行き着いた。通りから、明々とした広く騒々しい店内が見えた。べべが年老いた男（おれみたいな年寄りだ！とペレーダは思った）と一緒に、もっとも活気のあるテーブルでホスト役を務めていた。ペレーダが覗き込んでいた窓のそばの別のテーブルには、どちらかというと広告代理店の社員のような作家たちの一団がいた。そのうちの一人、若く見えるが、もう五十歳か、もしかすると六十を過ぎているかもしれない男が、たびたび鼻先に白い粉をつけては世界文学について一席ぶっていた。と突然、その見かけだけは若い男の目とペレーダの目が合った。まるで他人の存在が周囲の現実に裂け目を生み出したかのように、二人は一瞬見つめ合った。見かけは若いその作家は、決然と、驚くほど素早く立ち上がると、通りに向かって飛び出した。ペレーダが気づいたときには、すでに目の前に迫っていた。

何見てる？　と、男は鼻から粉をはたき落としながら言った。ペレーダは彼をじっくり見た。自分よりも背が高く、自分よりも痩せていて、おそらく自分よりも強いだろう。何見てる？　無礼な年寄りめ、何見ていやがる？　店内からは、見かけは若い男のいた集団が、まるで日常茶飯事だと言わんばかりにその場面を眺めていた。

ペレーダは、自分がナイフを握っていることを知っていたので躊躇しなかった。一歩踏み出し、自分が武器を持っていることを誰にも気づかれないようにしながら、男の鼠径部に、ほんのわずかにだがナイフの先を突き刺した。のちにペレーダは、作家の驚愕した顔を、怯え、非難するかのような表情を、熱と吐き気には説明がつかないことを知らずに説明を求める彼の台詞（何しやがった？　この馬鹿野郎）を思い出すことになる。

　ガーゼでも当てたほうがいいかもしれんな、とペレーダはよく通るしっかりした声で、敵の血で赤く染まった股を指差しながらコカイン中毒者に言った。なんてこった、と、男は自分の体を見て言った。顔を上げたときには友人や仲間に囲まれていて、ペレーダの姿はもうなかった。

　おれはどうするべきなのか？　弁護士は、愛する街をさまよい歩き、この街のいまだ見知らぬところ、馴染みのあるところ、驚異的なところや憐れむべきところに思いを馳せながら考えていた。ブエノスアイレスにとどまって正義の擁護者になるべきか、それとも、自分にはさっぱり分からないパンパに戻り、兎を相手に、あるいは人間、おれを受け入れ、文句も言わずに我慢しているあの哀れなガウチョどもを相手にかもしれない、何かは分からないが、益になることを追求すべきなのか？　街の影は何の答えも与えてくれなかった。いつものとおり黙っていやがる、とペレーダは愚痴をこぼした。だが翌朝、夜明けとともに彼は戻ることを決意した。

鼠警察

ロベール・アミュティオとクリス・アンドリュースに

ぼくの名前はホセというが、ぼくを知っているやつらにはペペと呼ばれ、ぼくのことをよく知らなかったり親しい付き合いのない連中にはたいてい、ペペ・エル・ティラと呼ばれている。ペペという愛称には、親しみが、優しさが、温かみがあって、ぼくを見下してもいなければ崇めてもいない。一目置くというのではなく、こう言ってよければ、ある種の親愛のこもった丁重さもが含まれている。それからもうひとつの名前、あだ名のほうは、ぼくのいる前では絶対に、というかほぼ絶対に使われないということもあって、ぼくはそれをまるで尻尾というかこぶみたいにして、腹も立てずに揚々と引きずっている。ペペ・エル・ティラというのは、親しみと恐れ、欲望と侮辱を、同じ黒い袋のなかでごた混ぜにしたみたいな呼び名だ。ティラという言葉がどこから来ているかって？ 暴君《ティラーノ》というからさ、自分の行為について誰からも責任を問われずに何でもやってのける者、つまり決して罰せられない者ということだ。それで、ティラは何なのかって？ ティラというのは、ぼくたち一族では警察官のことだ。ぼくがお巡りペペ《ペペ・エル・ティラ》と呼ばれるのは、文字どおり警察官だからだ。ほかのどんな仕事とも同じでひとつの職業だが、なろうとする者は少ない。警察に入ったとき、いまの自分が知っていることを知っていたなら、ぼくだってなろうとはしなかっただろう。警察官になろうと思った理由は何かって？　とくに最近はしょっちゅう自問しているんだが、納得のいく答えが見つからない。

ほかの誰よりも愚かな若者だったからかもしれない。もしかすると失恋のせい（だがあのころ恋をしていたかどうかは思い出せない）、あるいは運命の仕業かもしれない。自分がほかの鼠とは違うことが分かっていたから、孤独な仕事を、絶対的な孤独のなかで何時間も過ごすことができ、それでいて何かしら役に立ち、自分が一族のお荷物にならずにすむような仕事を探していたのかもしれない。

確かなことは、警察官の募集があり、ぼくが応募し、上司たちはぼくを見てすぐさま仕事をくれたということだ。上司の何匹か、おそらく全員が、そのことを言いふらしたりしないよう気をつけていたとはいえ、ぼくが歌姫ホセフィーナの甥っ子のひとりであることをすでに知っていた。ぼくの兄弟と従兄弟たち、つまりぼく以外の甥っ子たちは、とくに一芸に秀でていたわけでもなく、幸せに暮らしていた。ぼくもそれなりに幸せだったが、ぼくにホセフィーナと同じ血が流れていることは明らかだった。無駄に名前が共通しているわけじゃない。上司がぼくに仕事をくれることにしたのは、そのせいかもしれない。いやそうではなくて、初日に応募してきたのがぼくだけだったからかもしれない。ほかに誰も応募してこないだろうと考え、ぼくを待たせると心変わりするのではないかと思ったからかもしれない。実際、どう考えていいかぼくには分からない。ただひとつ確かなことは、ぼくが警官になったということで、さっそく初日から下水道を、あるときは水の流れている本流、またあるときは支流のパトロールに熱心に取り組んだ。支流の下水道には、ぼくの一族の連中が休まず掘っているトンネルがいくつもあって、そこは別の新しい餌のありかに近づくときに通ったり、もっぱら逃走経路になったり、一見使い道のないように見えるが、ぼくたち一族が移動し生き延びるために使う網の目のようなルートの一部として間違いなく意味のある迷路につながるようになっていた。

ときどき、それが自分の仕事だったのと、退屈していたせいもあって、本流の下水道も支流の下水道も放ったらかして、いまは使われていない下水道、一族の探索鼠か取引鼠しか入っていかない、それもたいていは一匹で、場合によっては家族や聞き分けのいい子供だけを連れて移動する区域に入っていった。そこにはたいてい何もなく、ぞっとするような物音がするだけだったが、ときどき、その殺伐とした区域を注意深くパトロールしていると、探索鼠の死体や取引鼠の死体、あるいはその子供たちの死体を見つけることがあった。最初、まだ新米だったころは、こうしたものを見つけるとぎょっとして、自分が自分でなくなってしまったかのような気がするほど動揺したものだ。そんなとき、ぼくは死体を回収し、使われていない下水道からいつも誰もいない警察の派出所まで運んでいった。そこで、ぼくは自分なりのやり方で、できるかぎり死因を突き止めようとした。その後、検視官を探しに行き、向こうがその気になってくれれば、相手は服を着るか着替えるかして、鞄を持ち、ぼくと一緒に派出所まで来てくれた。そうなれば、あとは彼に死体（場合によっては複数だった）を任せて、ぼくはふたたび外に出た。ぼくたち一族の警官は、死体を発見すると、原則として犯罪現場には戻らず、やたらと仲間と合流して仕事に付き合ったり会話に加わったりしようとするものなのだが、ぼくは違っていた。犯罪現場を調べに戻り、見過ごしたかもしれない細部を確認し、哀れな犠牲者の足取りをもう一度辿ったり、もちろん細心の注意を払って、犯人が逃走した方向を嗅ぎ回ったり探索したりした。

何時間かして派出所に戻ると、検視結果が壁に貼られていた。死因――喉の裂傷、出血多量、足の裂傷、首の骨折。ぼくの同胞は、闘わずに、息も絶え絶えになるまで抵抗せずに降伏するということは決してなかった。犯人は、たいてい下水道に迷い込んだ肉食動物で、蛇や、目の見えないワニのこともあった。あとを追っても意味はなかった。いずれは栄養失調で死んだだろうから。

休憩時間は、他の警官たちと一緒に過ごすように努めた。歳と仕事のせいで痩せこけた、かなり年老いた警官と知り合った。ぼくの叔母とかつて知り合いで、彼女の話をするのが好きだった。ホセフィーナのことを理解していた者はひとりもいない、と彼は言った。でも、みんな彼女が好きだったというか好きなふりをしていて、彼女はそれで幸せだったというか幸せなふりをしていた。そう言われても、老警官が口にしたその他多くのことと同様、ぼくにはちんぷんかんぷんだった。ぼくには音楽というものが分かったためしがない。日ごろぼくたちが取り組んでいない、というかごくたまにしか取り組んだことのない芸術。本当のところ、ぼくたちはどんな芸術にも取り組んでいないし、したがってどんな芸術も分からない。ときどき、たとえば絵を描く鼠や、詩を書いて朗読する鼠が出てきたりする。ふつう、ぼくたちは彼らのことをからかったりしない。逆に同情する。彼らの人生が孤独を運命づけられていることが分かっているから。なぜ孤独になるかって？　ぼくたちの一族では、芸術とか芸術作品を楽しむといったことは、ぼくたちが取り組むことのできない行ないだからで、それに関して、例外、異なる者はほとんどいない。だから、たとえば詩人や三流の朗読者が出てきたとしても、次の詩人や朗読者が生まれるのは一世代あとという確率が高く、したがって、その詩人はもしかするとと自分の努力を評価してくれる唯一の存在にも出会えないというわけなのだ。かといって、ぼくたちの一族がせわしない日常を中断して耳を傾けることも、朗読者を褒め称えたり、彼が働かなくても食えるように取りはからったりすることもないわけではない。逆にぼくたちはその異なる者のために、ささやかながらできるかぎりのことをして、見せかけの理解と愛情を与えようとしている。というのも、彼は本来、愛情を必要とする存在だということが分かっているからだ。とはいえ、トランプでできたお城と同じで、どんな見せかけもいずれは崩壊してしまうのだが。ぼくたちは集団で生きている、そして集団が必要とするのはただ、日々の労働、個人の熱意を越えるものでありながらも、ぼくたち個々としての存在を唯一保障してくれる目標に向けた、成員一匹一匹による絶え間ない営みなのだ。

ぼくたち一族の芸術家のなかで、少なくともぼくたちの記憶に骸骨のような疑問符として残っている芸術家のなかでもっとも偉大なのは、間違いなく叔母のホセフィーナだった。ぼくたちに多くを求めたという意味で偉大だったし、ぼくの一族の連中が、彼女の気まぐれに応じ、あるいは応じるふりをしていたという意味では、計り知れないほど偉大だった。

老警官は彼女の話をするのが好きだったが、彼の記憶は、煙草の巻き紙のように薄っぺらであることに、ぼくはほどなく気づいた。ときどき彼は、ホセフィーナはでぶでわがままだったとか、彼女と付き合うには、極度の忍耐力もしくは極度の犠牲心が必要だったとか言っていたが、この二つの美徳は重なり合うことが多く、どちらもぼくたちのあいだでよく見られるものだ。いっぽう彼はホセフィーナのことを、警察に入ったばかりの若造だった彼がちらりとしか見たことのない影のような存在だったと言うこともあった。震える影、それは当時の彼女のレパートリーのすべてだった奇妙な金切り声を引きずって、最前列にいた聴衆の何匹かを、恍惚とさせたとまでは言わないにしても、極度の悲しみに浸らせることができたのだ。その鼠や二十日鼠たちのことをぼくたちはもう覚えていないが、叔母の音楽に何かを見てとった唯一の存在だったかもしれない。何を見てとったかって？　たぶん連中にも分かっていなかっただろう。何かだ、どんなものでもいい、空っぽの湖とか。もしかすると、食欲とか、性欲とか、眠気とか、ときおりぼくたちを襲うそうした欲求に似た何かだったのかもしれない。休みなく働く者はときに、とりわけ冬、外界で樹々の葉が落ちると言われるときに気温が下がると、眠りを必要とするからだ。ぼくたちの凍えた体は、仲間と一緒に過ごす暖かい場所を、ぼくたちの皮膚で暖められた穴を、おなじみの動きを、ぼくたちの夜行性の生活というか便宜的に夜と呼んでいるものの、下品でもなければ上品でもない物音を求めるのだ。

眠気と暖かさは、警官であるうえでもっとも厄介なもののひとつだ。ぼくたち警官はふつう、当座しのげる穴を掘ってひとりで眠り、ときに初めて訪れた区域でもそうする。もちろん、それを避けるために毎回できるだけのことはする。ときには、ぼくたち警官はたがいに重なり合うようにして、静かに、目を閉じ、耳と鼻は警戒したまま、自分たちの巣穴で丸くなって眠る。頻繁にではないが、ときどきはそうする。また別のときは、何らかの理由で周縁部に住んでいる連中のねぐらに入れさせてもらうこともある。連中はもちろん、ぼくたちを自然に受け入れてくれる。ときどきぼくたちは、疲れきって、気力を回復させてくれる温かい眠りに落ちてしまう前に、こんばんは、と言う。そうでないときでも、ぼくたちは自分たちの名前をつぶやけばいい。連中はぼくたちが誰だか分かっていて、怖がる理由もないからだ。彼らは快く受け入れてくれる。大げさに歓迎したり喜んでみせたりはしないが、ぼくたちを巣穴から追い出したりはしない。ときには、まだ夢のなかで凍りついている声で、お巡りぺぺか《ぺぺ・エル・ティラ》、と言う者もいて、するとぼくは、そうだよ、こんばんは、と答える。でも数時間もしないうちに、連中がまだ眠っているうちにぼくは起き出して仕事に戻るのだ。警官の仕事に終わりはなく、ぼくたちの睡眠時間も、絶え間ない仕事に合わせざるをえないからだ。いずれにしても、下水道のパトロールには最大限の集中力が求められる。たいていぼくたちは誰にも会わないし、誰ともすれ違わない。本流と支流の下水道を回ったのち、一族の者が掘り、いまは誰も使っていないトンネルに入り、その間、どんな生き物にも出くわすことはない。

影の存在を感じることはある。物音、水面に落ちるもの、はるか遠くの叫び声。最初、新米のうちは、そういう物音に絶えずびくびくするものだ。だが、時間が経って慣れてくると、警戒を怠らないよう努めてはいても、恐怖心を失うかそれを日々の決まりごとだと考えるようになるが、それも結局、恐怖心を失うのと同じことだ。使われていない下水道で眠る警官までいる。直接は知らないが、老警官たちはよく、眠気に襲われると、使われていない下水道で眠り込んだというある警官（もちろん昔のことだ）の話をする。こういう話は、どこまで本当でどこまで冗談なのだろう？ ぼくには分からない。いまではそんなところで眠ろうとする警官はいない。使われていない下水道は、いろいろな理由から忘れられた場所だ。トンネルを掘っている連中は、使われていない下水道に行き当たると、トンネルを塞ぐ。そこには汚水が少しずつ流れ込んでいくので、腐敗臭が耐えがたいほどだ。ぼくたち一族が使われていない下水道を使うのは、ある区域から別の区域へ逃げるときだけだと言っていい。そこにたどり着くのにいちばん手っ取り早い方法は泳ぐことだが、そんな場所の近くで泳ぐことは、日ごろぼくたちが経験するよりも大きな危険をはらんでいる。

使われていない下水道のひとつでぼくの捜査は始まった。ぼくたち一族のうち、時とともに数が増え、周縁部を少し越えたところに住みついていた群れがやってきて、古参の鼠の娘が行方不明になっていると言うのだ。群れの半分が働いているあいだ、残りの半分は、エリサという名の、身内や友人に言わせると目覚ましい知性の持ち主であるばかりでなく並外れて美しくたくましいというこの若い娘を捜し回った。ぼくには目覚ましい知性というのがどういうものなのかよく分からなかった。なんとなく陽気さを連想したが、好奇心には思い至らなかった。その日は疲れていたので、エリサの親戚の一匹とその一帯を捜索したあと、可哀相なエリサは新しいコロニーの周辺をうろついている捕食者の餌食になったのだろうと見当をつけた。ぼくは捕食者の痕跡を探した。見つかったのは古い足跡だけで、それはぼくたち一族の群れがその周縁部にやってくる前に、別の生き物がその辺りを通ったことを示していた。

ついに、ぼくはまだ新しい血の跡を発見した。エリサの親族には巣穴に戻るよう伝え、そこから先はひとりで捜査を続けた。血の跡には奇妙な特徴があった。ある水路の入り口で終わっているのに、そこから数メートル先で（場合によってはもっと離れたところで）、本来跡がついているのが自然なはずの水路の向こう側ではなく、前にあったのと同じ側にふたたび現われていたのだ。水路の向こう側に渡ろうとはしていなかったとすると、どうして何度も水に潜ったのだろう？　それに、血の跡はごくわずかだったので、捕食者が何者にせよ、そいつのとった防御策はそもそも行きすぎのように見えた。少しして、ぼくは使われていない下水道のひとつに着いた。

水に潜り、ごみと腐敗物が時とともに形成した堤防に向かって泳いだ。堤防に着くと、汚物の浜に上がった。堤防の向こう、水面より高いところには、下水道の入り口の上に渡してある太い横木が見えた。一瞬、どこかの隅に隠れている捕食者が不運なエリサの死骸で祝宴でも催している現場に出くわすのではないかと怖くなった。でも何も聞こえなかったので、そのまま進み続けた。

数分後、下水道では数少ない比較的乾いた場所で、段ボールや空き缶の脇に捨てられた娘の死体を発見した。

エリサの首は引き裂かれていた。それ以外に傷は見当たらなかった。空き缶のひとつに、赤ん坊の鼠の死骸が入っているのを見つけた。よく調べたところ、少なくとも死後一か月は経過していた。周囲を捜索したが、捕食者の痕跡は皆無だった。赤ん坊の死骸に傷はなかった。不幸なエリサに残されていた唯一の傷が致命傷だった。捕食者の仕業ではないのかもしれないと思い始めた。その後、娘の死骸を背中に担ぎ、赤ん坊のほうは、自分の尖った歯で傷つけないよう気をつけながら口にくわえた。使われていない下水道をあとにし、群れの巣穴に戻った。エリサの母は大きくてたくましく、ぼくたち一族のなかでも猫に立ち向かうことのできるあの模範的な鼠の一匹だったが、娘の遺体を見るとわっと泣き出したので、彼女の仲間は顔を赤くした。ぼくは連中に赤ん坊の死骸を見せ、その子について何か知っているかと尋ねた。誰も何も知らず、行方不明の子供はいなかった。ぼくは、死体はどちらも警察署に運ばなくてはと言った。手助けを求めた。エリサの母は娘を担いだ。ぼくは赤ん坊を背負った。ぼくたちが出発すると、群れは仕事に、トンネル掘りに、食料探しに戻った。

今度は検視官を探しに行き、二体の検視が終わるまで付き添った。ぼくたちのそばでエリサの母はときどき眠りに落ちて、脈絡のない意味不明の言葉を発した。三時間後、検視官がぼくに言うことは決まっていた。それはぼくが恐れていたものだった。赤ん坊の死因は餓死だった。エリサは首の傷が死因だった。その傷を負わせたのが蛇である可能性はあるかとぼくは尋ねた。そうは思わんね、と検視官は言った。新種の蛇というなら話は別だが。目の見えないワニである可能性はあるかとぼくは尋ねた。ありえんよ、と検視官は言った。たぶんイタチだろう、と彼は言った。最近、下水道でイタチを見かけるようになったからな。連中は死ぬほど怯えてる、とぼくは言った。そうだな、と検視官は言った。多くは飢えで死んでる。道に迷って、溺れて、ワニに食われてる。イタチのことは忘れたほうがいい、と検視官は言った。ぼくはそこで、エリサは敵に抵抗しただろうかと尋ねた。検視官は長いこと若い娘の死体をじっと見ていた。そして、いや、と言った。そうだろうと思った、とぼくは言った。ぼくたちが話しているうちに別の警官がやってきた。彼の巡回パトロールはぼくと違って何事もなかった。エリサの母親を起こした。検視官は帰っていった。全部終わったの？ と母親は言った。終わりました、とぼくは答えた。母親は礼を言って帰っていった。ぼくは同僚に、エリサの死体を処分するのを手伝ってくれないかと言った。

二人で流れの速い水路まで死体を運び、放り投げた。赤ん坊の死骸はどうして処分しないんだ？と同僚が尋ねた。分からない、とぼくは答えた。調べたいんだ、たぶん何か見過ごしてる。その後、彼は彼の担当区域に、ぼくはぼくの担当区域に戻った。仲間にすれ違うたび、ぼくは同じ質問をした。行方不明になった赤ん坊のことを何か知らないか？ 答えはさまざまだったが、おおむねぼくたち一族は子供の面倒をよくみていて、彼らが言っていたのは基本的に噂で聞いたことだった。パトロールのため、もう一度周縁部へ戻った。群れの全員がトンネルで働いているところで、エリサの母親もそこにいた。太って脂肪のついた彼女の体は溝に入りきらなかったが、歯と爪は今でも掘る作業にふさわしかった。

ぼくは使われていない下水道に戻ることにし、何か見過ごしたものはないか調べようとした。手がかりを探したが、何も見つからなかった。暴力の痕跡。生のしるし。赤ん坊の鼠が、自分で歩いて下水道にやってきたはずはなかった。食べ物の残りかす、乾いた糞の跡、巣穴を探したが、すべて徒労に終わった。

突然、かすかに水のはねる音がした。ぼくは身を隠した。少しして、水面に白い蛇がぬっと現われた。太くて、長さは一メートルあったに違いない。蛇は、何度か潜っては水面に顔を出した。その後、実に注意深く水から上がると、ガスが漏れているときのようなシューシューという音を立てながら岸を這ってきた。ぼくたち一族にとって、蛇はガスだった。蛇はぼくが隠れているところに近づいてきた。蛇のいる位置から直接攻撃を仕掛けられるおそれはなかったので、建前としてはぼくのほうが有利で、逃げるか（でも水に潜ればたちまち餌食になっただろう）、蛇の首に噛みつくだけの余裕はあった。蛇は、ぼくの存在に気づいた様子もなく去っていき、そのとき初めて、それが目の見えない蛇だということに、人間が飼うのが面倒になるとトイレに流して捨てるペットの蛇の子孫であることに気づいた。一瞬、その蛇を哀れに思った。実際は、そうすることで自分の幸運を遠回しに祝福していた。その蛇の両親か曾祖父母が、どこまでも錯綜する排水管をつたっていく姿を思い浮かべ、下水道の闇のなかで、どうしてよいのか分からずにおろおろし、死ぬ覚悟を、あるいは苦しむ覚悟を決める姿を思い浮かべ、さらに、生き残った蛇たちの姿を思い浮かべ、彼らが凄まじい絶食に適応する姿を思い浮かべ、力を振り絞る姿を思い浮かべ、終わりのない冬の日々に眠り、そして死んでいく姿を思い浮かべた。

どうやら恐怖は想像力を目覚めさせるらしい。蛇が去ったあと、ぼくはもう一度、使われていない下水道をくまなく見回った。いつもと変わったところは何もなかった。

翌日、ふたたび検視官と話をした。赤ん坊の死骸をもう一度見てくれないかと頼んでみた。最初、彼はまるで頭がおかしくなったのではないかというようにぼくを見た。処分したんじゃないのか？と彼は尋ねた。いや、とぼくは言った。もう一度調べてほしいんだ。彼はついに、今日あまり忙しくなければやってもいいと約束してくれた。パトロールするあいだ、そして検視官の最終報告書を待つあいだ、このひと月に赤ん坊がいなくなった家族を探すことに専念した。残念なことに、ぼくたち一族、とくに周縁部に住むあの連中は絶え間なく移動しながら働かなくてはならず、あの死んだ赤ん坊の母親はいまごろ必死にトンネルを掘っているか、もといたところから何キロも離れたところで食べ物を探すかしているはずだった。想像がついたこととはいえ、捜査からは有力な手がかりを何ひとつ見つけることができなかった。

署に戻ると、検視結果と直属の上司からのメモが届いていた。上司はぼくに、なぜ赤ん坊の死骸をまだ処分していないのかと尋ねていた。検視結果のほうは、彼の最初の結論を繰り返すものだった。すなわち、外傷は見当たらず、死因は飢えと、おそらく寒さだった。子鼠は、過酷な環境には耐えられない。ぼくは長いこと考えていた。その赤ん坊は、同じような状況に置かれたならどんな赤ん坊でもするように、声が涸れるまで泣き叫んだに違いない。その泣き声に捕食者が引き寄せられなかったなどということがありうるだろうか？　犯人は赤ん坊を拉致し、その後、誰も通らない管を通り、使われていない下水道までたどり着いた。そこに赤ん坊をそっと置き去りにし、あえて言うなら自然に死ぬのを待った。赤ん坊を拉致したのと同じ者が、その後エリサを殺すということがありうるだろうか？　ありうる、その可能性がもっとも高かった。

　そのとき、検視官にまだ尋ねていなかった疑問がひとつ浮かんだので、ぼくは立ち上がり、彼を探しに行った。その途中、無防備でいたずらっ子で自分のことばかりにかまけている鼠たちの集団があちこちにちょこちょこ走っていくのとすれ違った。ぼくに愛想よく挨拶する者もいた。誰かが言った。ほら、そこにお巡りペペ《ペペ・エル・ティラ》がいるよ。ぼくがそのとき感じたのは、あたかも使われていない下水道の淀んだ水から上がったばかりのように、すでに全身をびっしょり濡らし始めていた汗だけだった。

　検視官は、疲れ具合からすると全員が医者か医学生に見える五、六匹と一緒に眠っているところだった。どうにかして起こすと、彼はまるでぼくが誰だか分からないかのようにぼくをじっと見た。死ぬまでに何日かかっただろう？　とぼくは訊いた。ホセか？　と検視官は言った。用件は何だ？　赤ん坊が餓死するのに何日かかる？　ぼくたちは巣穴から出た。病理医になったのは失敗だったな、と検視官は言った。その後、彼は考え始めた。赤ん坊の体質次第だな。二日もてばいいほうだが、肉付きがよくて栄養状態のいい赤ん坊なら、五日かそれ以上は耐えられるだろう。じゃあ、水分がとれなかったら？　とぼくは訊いた。もう少し短くなる、と検視官は言った。そしてこう付け加えた。君がどういう結論にたどり着きたいのか分からないな。死因は飢えか、それとも脱水症状か？　とぼくは尋ねた。餓死だ。それは確かか？　とぼくは訊いた。今回のような場合、絶対に確かだ、と検視官は言った。

署に戻って考え始めた。赤ん坊は一か月前に拉致され、死ぬまでにはおそらく三日か四日かかったのだろう。その数日のあいだ、大声で泣き続けていたはずだ。それなのに、その泣き声に引き寄せられた捕食者はいない。ぼくはふたたび使われていない下水道に戻った。今回は探し物が分かっていたので、すぐに発見することができた。猿ぐつわだ。苦しんでいるあいだ、赤ん坊はずっと猿ぐつわをかまされていたのだ。でも、実際にはずっとではない。ときどき、犯人は猿ぐつわを外して水をやったか、あるいは猿ぐつわはかませたまま、それを水で湿らせてやったのだろう。ぼくは猿ぐつわの残骸を摑むと、使われていない下水道を出た。

署では、検視官がぼくを待っていた。ぺぺ、今度は何を見つけたんだ？　とぼくを見るなり言った。猿ぐつわさ、と汚れた布きれを渡しながらぼくは言った。検視官は何秒かのあいだ、手を触れずにそれをじっと見つめていた。赤ん坊の死体はまだここにあるのか？　と彼は尋ねた。ぼくは頷いた。処分しろ、と彼は言った。お前の行動を取り沙汰し始めている連中がいるんだ。話題にされているのか、それとも問題にされているのか？　とぼくは尋ねた。同じことさ、と検視官は別れ際に言った。ぼくは働く気分ではなかったが、気を取り直して出かけた。ぼくたちの一族が移動するときにきまってしつこく無慈悲につきまといつもの事故をのぞいては、普段のパトロールと変わらなかった。何時間かへとへとになるまで働いたあと、署に戻り、赤ん坊の死体を処分した。数日間、大したことは起きなかった。捕食者による犠牲者が出て、事故が起き、古いトンネルが倒壊し、仲間たちが毒にあたり、解毒方法が見つかるまでに何匹もが死んだ。ぼくたちの歴史は、ぼくたちの通り道に仕掛けられた数えきれない罠を避けるさまざまな方法から成り立っている。習慣と忍耐。死体の回収と事故の記録。変わり映えのしない、静かな日々。それも二匹の若い鼠の死体を発見するまでのことだった。一匹は雌、もう一匹は雄だった。

その情報を得たのはトンネルのパトロール中のことだった。両親は気にしていなくて、二匹はきっと一緒に暮らすつもりで巣穴を出たのだろうと考えていた。でも、二匹の失踪を大した事件ではないと見なしてぼくが立ち去ろうとしたとき、二匹の共通の友人がぼくに、エウスタキオもマリサも、一度としてそういう意図を明かしたことなどないと言った。二匹はただの友達同士だよ、エウスタキオが変わり者だったことを思えば、うまがあったんだね。変わり者というのはどういうことかとぼくは尋ねた。詩を書いて朗読していたんだ、とその友人は言った。だから仕事にはこれっぽっちも向いていなかったよ。じゃあ、マリサは？　とぼくは尋ねた。彼女は違う、と友人は言った。違うというのは、とぼくは尋ねた。そういう変わったところはなかったな。ほかの警官だったら、こんな情報にはまったく興味をもたなかっただろう。ぼくの本能が目覚めた。巣穴の周りに使われていない下水道があるかと尋ねた。いちばん近いのはここから二キロほど行ったところ、低い位置にあると言われた。その方角に向かった。途中で子鼠の群れを連れた老鼠に出会った。老鼠はイタチの危険を説いていた。ぼくたちは挨拶した。老鼠は教師で、遠足に行く途中だった。子鼠たちは、まだ働くには早かったが、いずれ仕事に就くだろう。途中で何かいつもと違うことがなかったかと尋ねた。何もかもがいつもと違うよ、と老鼠はすれ違いながらぼくに向かって大声で言った。違っているのが普通なんだな、熱があるのは健康の印、毒は食べ物というわけさ。その後、老鼠は朗らかに笑い出し、その笑い声は、ぼくが別の管に入ってからも耳のなかで響いていた。

やがて、使われていない下水道に行き着いた。水が淀んだ下水道はどれもよく似ているが、一度入ったことがあるか、あるいは逆にそこに入るのが初めてなのか、ぼくはたいてい間違えずに区別できる。その下水道は初めてだった。少しのあいだ、体を濡らさずに入る方法を探した。その後、水に飛び込んで、下水道まで泳いだ。泳いでいるあいだ、廃物でできた島から波が上がるのが見えた気がした。当然のごとく、蛇に出くわすのではないかと恐れて、島に大あわてで近づいた。地面はやわらかく、歩くと白っぽい泥土に膝まで沈んだ。臭いは、まさに使われていない下水道の臭気そのもので、腐敗した臭いではなく、腐敗というものの本質、核心が放つ臭いだった。ぼくは島から島へとゆっくり移動していった。ときどき足を引っ張られているような気がしたが、ただのごみだった。最後の島で死体を発見した。エウスタキオの死体には、首に引き裂かれた傷がひとつだけあった。反対に、マリサのほうには争った形跡があった。皮膚にはいくつもの歯形が残っていた。歯と爪には血がついていて、犯人が負傷していることはたやすく想像できた。やっとのことで、使われていない下水道の外に死体を一匹ずつ運び出した。それから同じようにして、二匹をいちばん近くのコロニーの中心まで運ぼうとした。まず一匹を担いで五十メートル運び、戻ってもう一匹を担ぎ、最初の一匹のところまで運んだ。その繰り返しの途中、マリサの死体を運びに戻ろうとしたとき、白い蛇が水路から出てきてマリサに近づこうとしているのが見えた。ぼくは動けなくなった。蛇は死体の周囲を二度ほど周り、そして嚙みついた。マリサの死体を呑み込もうとしたところで、ぼくは踵を返し、エウスタキオの死体を置いた地点まで駆けていった。叫び出したかった。でも口からはうめき声ひとつ出てこなかった。

その日から、ぼくは徹底的にパトロールを行なった。周縁部を巡回し、常識が少しでもあれば誰でも解決できる事件を解決する警察の決まりきったやり方にはもう満足できなかった。毎日、いちばん遠くの巣穴まで足を運んだ。住民とは、どんなにどうでもいいことでも会話を交わした。ぼくたちのなかでいちばん卑しい仕事をこなすモグラ鼠のコロニーを発見した。ぼくは、自分の歳も思い出せないほど老いた白い二十日鼠に出会った。彼は若いころ、彼と同じく閉じ込められた多くの白い二十日鼠たちとともに伝染病を植え付けられた。その後彼らは、ぼくたちを皆殺しにするために下水道に放り込まれたのだ。多くの仲間が死んだ、と、ほとんど体を動かすことのできないその白い二十日鼠は言った。だが、黒鼠と白い二十日鼠は交じり合い、おれたちは狂ったように交わった（死が近づいて初めて交わることができるのだ）、そしてついに、黒鼠に免疫ができたばかりか、新しい種が、どんな伝染病にもかからない、どんな未知のウィルスにも感染しない茶鼠が誕生したんだ。

ぼくは、本人によれば地上の研究所で生まれたというその老いた白い二十日鼠が好きだった。あっちの光はまぶしい、と彼は言った。あまりにまぶしすぎるものだから、地上で暮らす連中はありがたく思わないのさ。ぺぺ、お前は下水道の入り口まで行ったことがあるか？　はい、あります、とぼくは答えた。それなら、あらゆる下水道が注ぎ込む川を見たことがあるか？　イグサやほとんど真っ白の砂を見たことは？　はい、でもいつも夜だったので、とぼくは答えた。それなら、川面にきらめく月の光を見たか？　いや、月はあまりよく見ませんでした。それならぺぺ、お前は何に気づいた？　犬の吠え声です。川岸に住んでいる犬の群れ。それから月も、とぼくは認めた。でもあまりゆっくり見てはいられなかったんですが。月は素晴らしい、と白い二十日鼠は言った。どこで暮らしたいかといつか誰かに聞かれたら、迷わず月だと答えるよ。

　ぼくは月の住人のように、下水道と地下の排水管をパトロールした。やがて、新たな犠牲者を発見した。前の被害者と同じく、犯人は被害者の死体を、使われていない下水道に置き去りにしていた。ぼくは死体を担ぎ上げて署まで運んだ。その晩、検視官とふたたび話をした。首の裂傷がほかの被害者とよく似ていることを指摘した。偶然だろう、と彼は言った。それに、またしても死体が食われていない、とぼくは言った。検視官は死体を調べた。傷を見てほしい、とぼくは言った。どんな歯なら、そんなふうに引き裂くことができるのか教えてくれないか。誰にだってできる、と検視官は言った。いや、誰にでもできることじゃない、とぼくは言った。よく調べてくれないか。何を言ってほしいんだ？　と検視官はぼくに訊いた。真実さ、とぼくは言った。じゃあ、君からすれば何が真実なんだ？　この傷は鼠の仕業だと思う、とぼくは言った。だが鼠は鼠を殺さない、と検視官はもう一度死体を見て言った。これは鼠の仕業だ、とぼくは言った。その後、仕事に出かけ、署に戻ると、検視官と署長がぼくを待っていた。署長はずばり核心をついてきた。いったい、鼠が犯人だなんておかしな考えをどこから引っ張り出してきたのかと訊かれた。署長は、ぼくがすでに誰かにその件を話したかどうか知りたがった。他言は無用だと警告された。空想にふけるのはやめるんだな、ぺぺ、と署長は言った。自分の仕事に専念するように。現実の生活がいやってほど複雑なんだから、ありもしない要素を付け加えて、わざわざ脱臼させなくてもいいだろう。ぼくは死ぬほど眠かったが、脱臼させるというのはどういう意味なのかと聞いた。つまりだな、と署長は、検視官の同意を求めるかのように彼のほうを見ながら、つとめて深みのある優しい声で言った。人生というのはだな、とりわけ短いとなれば、残念なことにわれわれの人生はそうなんだが、無秩序ではなくて秩序に向かうべきなんだ、ましてや絵空事の無秩序なんてもってのほかだ。検視官は重々しい表情でぼくを見つめ、頷いた。ぼくも頷いた。

だがぼくは警戒を解かなかった。何日かのあいだ、犯人は姿を消したようだった。周縁部をパトロールして見知らぬコロニーを見つけるたびに、最初の被害者、餓死した赤ん坊のことを尋ねて回った。ついに、年老いた探索鼠から赤ん坊を亡くした母親の話を聞いた。周りの連中は、赤ん坊が水路に落ちたか捕食者に連れ去られたと思っていたんだ、とその鼠は言った。それに、大人が少ないわりに子供の多い群れだったから、赤ん坊を探すのにそれほど時間をかけなかったのさ。やがて彼らは、大きな井戸の近くにある北の下水道に移動し、その探索鼠は連中を見かけなくなった。ぼくは時間を見つけてはこの群れを探した。もちろん、いまごろは子供たちはとっくに成長して、群れは大所帯になり、いなくなった赤ん坊のことは忘れ去られているかもしれない。でも、運よく赤ん坊の母親が見つかれば、まだ何か聞き出せることがあるはずだ。そのあいだ犯人は自由に動き回っていた。ある晩、ぼくは遺体安置所で、例の犯人がつけるのとそっくりの傷のある、喉元がぱっくり裂けた死体を見つけた。その死体を発見した警官と話をした。ぼくは捕食者の犯行だと思うかと尋ねた。ほかに誰がいる？　と彼は答えた。それともぺぺ、お前は事故だったとでも思うのか？　事故だ、とぼくは思った。終わりのない事故だ。死体をどこで発見したかと尋ねた。南にある、使われていない下水道だ、と彼は答えた。ぼくは、その地区の使われていない下水道は入念にパトロールしたほうがいいと忠告した。なぜ？　と彼は知りたがった。ひょっとすると何か見つかるかもしれないからさ。彼はまるで頭がおかしくなったのではないかというようにぼくを見た。疲れてるんだな、と彼は言った。ひと眠りしないか。ぼくたちは署の仮眠所に入った。空気は暖かかった。ぼくたちの隣で別の警官がいびきをかいていた。おやすみ、とぼくの同僚は言った。おやすみ、と返したが、眠れなかった。ぼくは、あるときは北で犯行に及び、またあるときは南に向かう犯人の行動パターンについて考え始めた。何度か寝返りを打ったのち、ぼくは起き上がった。

おぼつかない足取りで北の方角に向かった。道すがら、トンネルの薄暗がりのなか働きに行く途中の意気揚々とした何匹かの鼠とすれ違った。若い生意気な鼠たちが、お巡りぺぺだ《ペペ・エル・ティラ》、お巡りぺぺだ《ペペ・エル・ティラ》と言ったあとで、まるでぼくのあだ名が世界一おかしいかのように笑っているのが聞こえた。それとも別の理由で笑っていたのかもしれなかった。ともかくぼくは立ち止まらなかった。

トンネルは徐々にひっそりとしていった。ときどき、何匹かの鼠とすれ違ったり、遠くから別のトンネルにかかりきりの鼠たちの声が聞こえたり、あるいは、食べ物か毒か分からない何かの周囲を回る影がちらりと見えたりするだけだった。やがて物音がしなくなり、聞こえるのは、自分の鼓動と、ぼくたちの世界で決してやむことのない水の滴る音だけになった。大きな井戸を見つけると、死の臭いが漂ってきて、ぼくはいっそう警戒心を強めた。そこには、固くなって、足を上に向け、蛆虫に半分食われた平均的な大きさの二匹の犬の死骸が横たわっていた。

さらに離れたところで、やはり犬の死骸から恵みを得ていたのが、ぼくが探していた鼠のコロニーだった。連中は、あらゆる危険がつきまとうが食べるものには決して事欠かないその下水道の果てで暮らしていた。群れは小さな広場に集まっていた。どの鼠も大きく、丸々としていて、毛並みがよかった。絶え間ない危険を生きている者特有の深刻な表情をしていた。ぼくが警察だと言うと、疑い深い目になった。赤ん坊がいなくなった母鼠を探していると言うと、誰も返事をしなかったが、彼らの表情ですぐに、捜査が少なくともこの部分に関しては終わったことを悟った。そこでぼくは、赤ん坊のこと、年齢、発見場所である下水道、死因について説明した。一匹の鼠が、それは自分の息子だと言った。何を探してる？　とほかの鼠たちが言った。

正義だ、とぼくは言った。犯人を探している。

体じゅう傷だらけで、ふいごのような音を立てて息をしている最長老の雌鼠は、犯人がこのなかにいると思っているのかと尋ねた。そうかもしれない、とぼくは言った。鼠が？　と彼女は言った。そうかもしれない、とぼくは言った。母鼠が、うちの子はひとりで出かける癖があったと言った。でもひとりでは使われていない下水道までたどり着けない、とぼくは返した。もしかすると捕食者にさらわれたのかもしれない、と若い鼠が言った。捕食者にさらわれたなら食われるだろう。赤ん坊は慰みに殺されたんだ、食べるためじゃない。

思ったとおり、どの鼠も首を振って否定した。そんなはずはない、と口々に言った。どんなに頭がおかしくても、われわれの一族に、そんなことをしでかす者はいない。警察署長の言葉にまだ懲りていたので、反論しないことにした。母鼠のことを離れた場所まで連れていき、慰めようとしたが、あれから三か月も過ぎていたので、息子を失った苦しみはだいぶ和らいでいた。母鼠によれば、子供はほかに、会ってもなかなか自分の子だとは分からない年長の子たちと、死んだ赤ん坊よりも年下の子たちがいるが、彼らもすでに働いていて、どうにか自活しているとのことだった。それでもぼくは、赤ん坊がいなくなった日のことを思い出させようとした。最初、母鼠は混乱した。日付を間違え、赤ん坊さえ取り違えた。ぼくは驚いて、ほかにも亡くした子供がいるのかと尋ねたが、いないと言ったので安心した。赤ん坊はよくいなくなるものなんです、でもせいぜい二、三時間のことで、そのあとは自分で巣穴に戻ってくるか、同じ群れの鼠が泣き声を聞きつけて見つけてくれるんです。あんたの息子も泣いたよ、とぼくは、ひとり悦に入っている母鼠に少しむっとして言った。でも犯人が、ほとんどずっと赤ん坊に猿ぐつわをかませていたんだ。

母鼠が動揺した様子を見せなかったので、ぼくは息子がいなくなった日のことをもう一度尋ねた。わたしたちが住んでいたのはここではないんです、と彼女は言った。奥のほうの管にいました。近くには、その地区に最初に住みついた探索鼠の群れがいまして、そのあと、もっと数の多い新しい群れも来ました。わたしたちは出ていくことにしたんです、トンネルを歩き回ること以外にはほとんど何もできませんでしたから。でも子供たちの食べるものには困らなかったはずだ、とぼくは指摘した。食べ物はありました、と母鼠は言った。でも外まで探しに行かなくてはならなくて。探索鼠たちが、地上と直接つながるトンネルを掘ってくれていて、そのころはまだ毒や罠で身動きがとれなくなるということはありませんでした。どの群れも、少なくとも一日に二度は地上に出られました。半ば廃墟になった古い建物のなかをさまよったり、壁の隙間を動き回って一日中過ごす鼠もいましたし、それっきり戻ってこない鼠もいました。

ぼくは、赤ん坊がいなくなった日、鼠たちは外に出ていたのかと尋ねた。わたしたちはトンネルで働いていました、眠っている鼠もいましたし、もしかすると外にいた鼠もいたかもしれません、と母鼠は答えた。ぼくは、群れのなかで何か変わったことに気づかなかったかと尋ねた。変わったこと？いつもと違う態度や振る舞い、理由もなく長時間姿を消すとか。母鼠は、いいえ、あなたもご存じでしょうけれど、わたしたちの一族がどんな行動をするかはそのときの状況次第です、わたしたちは素早く、できるかぎり完璧に適応しようとしますから、と言った。いずれにせよ、赤ん坊がいなくなってまもなく、その群れはもっと危険の少ない地区を探し求めて移動を始めた。もうこれ以上は、その働き者でお人好しな鼠からは何も出てこないだろう。ぼくは群れに別れを告げ、彼らの巣穴のあった管をあとにした。

でもその日は署に戻らなかった。途中、誰にもつけられていないことを確かめてから、例の巣穴の近くまで戻り、使われていない下水道を探した。しばらくすると見つかった。小さくて、悪臭もまだ耐えられる程度だった。ぼくは隅々まで徹底的に調べた。ぼくが探している鼠は、そこは行動範囲にはしたことがないようだった。捕食者がいた形跡もなかった。乾いた場所はどこにもなかったが、そこに留まることにした。少しでも快適に過ごそうと、手近にあった湿った段ボールやプラスチックのかけらをかき集め、その上に落ち着いた。毛のもつ熱が湿気に触れて、小さく湯気が立つところを想像した。湯気のせいでうとうとし、湯気がドーム状になってぼくを包み込み、守られているような気がした。眠りかけたとき、声がした。

まもなく姿が見えた。二匹の若い雄鼠で、陽気に声を張り上げていた。一匹のことはすぐに分かった。ついさっき訪ねたばかりの群れで見たのだ。もう一匹はまったく見覚えがなく、ぼくが訪ねたときには働いていたかもしれないし、もしかすると別の群れに属しているのかもしれない。二匹の議論は白熱していたが、仲間内の礼儀を逸することはなかった。議論の内容は分からなかったが、それはまず、二匹ともぼくからかなり離れたところにいたからで（二匹は小さな足でちゃぷちゃぷ音を立てながら、浅い水のなかをぼくの隠れ場所のほうに向かっていたとはいえ）、さらに、二匹の使う言葉が、別の言語、音程のずれた、聞き慣れない言語だったからで、ぼくはたちどころに嫌悪感を抱いた。それは暗号か絵文字で、自由という言葉の裏側を、まるで火が這うように、あるいはよく言われるように、トンネルの向こう側を、トンネルをかまどに変えながら這うように這っていた。

　できることならこっそり逃げ出したかった。でも警官の本能で、もしここで介入しなかったら、新たな殺鼠事件が起きてしまうと察知した。勢いよく段ボールの山から飛び出した。二匹の鼠は凍りついた。やあこんばんは、とぼくは言った。二匹とも同じ群れに属しているのかと尋ねた。二匹は首を横に振った。

　お前はここから出ていけ、とぼくは見知らぬほうの鼠を爪で指しながら言った。若いその鼠は傲慢なようで、躊躇した。出ていけ、おれは警官だ、お巡りぺぺ《ペペ・エル・ティラ》だぞ、と怒鳴った。するとそいつは友人のほうを見てから、踵を返して去っていった。捕食者に注意しろよ、と、彼がごみの山の向こうに見えなくなる前に言った。使われていない下水道で襲われても、誰も助けてくれないぞ。

　もう一匹の鼠は、友人に別れの挨拶ひとつしなかった。ぼくのそばで、じっと身じろぎもせず、思慮深い小さな目を、きっとぼくの思慮深い小さな目が見つめているのと同じようにぼくに向けながら、二匹だけになる瞬間を待っていた。やっと捕まえた、とぼくは二匹だけになると言った。彼は答えなかった。名前は？　と尋ねた。エクトル、と彼は言った。ぼくに話しかけているいま、彼の声は、ぼくがこれまでに聞いた無数のどの声とも異なっていた。なぜ赤ん坊を殺した？　とぼくはつぶやいた。返事はなかった。一瞬、恐怖を感じた。エクトルは強い、たぶんぼくよりも体が大きい、しかも若い、でもぼくは警官だ、とぼくは考えた。

これからお前の足と口を縛って署に連行する、と言った。彼が微笑んだ気がしたが、よく分からない。お前はおれより怯えてるだろ、と彼は言った。でもおれもかなり怯えてるよ。そうは思わない、とぼくは言った。お前は怖がったりしない、お前は病気だ、ろくでなしのけだものだ。エクトルは笑った。やっぱりお前、怯えてるな、と彼は言った。お前の叔母さんのホセフィーナよりもはるかに怯えてる。ホセフィーナのことを知ってるのか？　とぼくは尋ねた。知ってる、と彼は言った。知らないやつがいるか？　叔母は怯えたりしなかった、とぼくは言った。哀れな気狂い、哀れな夢想家だった、でも怯えたりしなかった。

お前は間違ってるよ。あの女は死ぬほど怖がってた、と彼は、まるでぼくたちがこの世のものではない存在に取り囲まれていて、その存在から丁重に同意を得ようとするかのように、両脇にぼんやりと目をやりながら言った。彼女の聴衆は、自分では気づいていなかったが死ぬほど怖がっていた。だがホセフィーナは怖くて死ぬどころではなかった。日ごと恐怖の真ん中で死に、恐怖のなかで蘇った。たわごとだ、とぼくは吐き捨てるように言った。さあ四つん這いになってくれ、まずは口を縛らせてもらおうか、と、そのために持ってきた縄を取り出しながらぼくは言った。エクトルは鼻息を荒くした。

お前は何も分かってない、と彼は言った。おれを逮捕すれば事件が終わるとでも思ってるのか？　お前のボスがおれを公正に裁くとでも？　きっとおれをこっそりバラして、捕食者の通り道におれの死骸を捨てるんだろうよ。救いようのないけだものめ、とぼくは言った。おれは自由な鼠だ、と彼は横柄に応じた。おれは恐怖を住処にすることができるし、おれたちの一族がどこに向かってるのか、何もかも分かってる。彼の言葉はあまりにうぬぼれて聞こえたので、ぼくは答えないことにした。お前はまだ若い、とぼくは言った。お前を更生させる方法もあるはずだ。ぼくたちは仲間を殺したりしない。じゃあ、お前を治してくれるのは誰なんだ、ぺぺ？　と彼は尋ねた。どんな医者がお前のボスを治療する？　四つん這いになれ、とぼくは言った。エクトルはぼくを見つめ、ぼくは縄を手から放した。ぼくたちは死を賭して闘った。

永遠にも感じられた十分ののち、首を噛み切られた彼の死体が、ぼくの隣に横たわった。ぼくのほうは背中が傷だらけで、口は裂け、左目はまったく見えなかった。死体を担いで署に戻った。すれ違った数少ない鼠たちはきっと、エクトルは捕食者の犠牲になったのだと思っただろう。彼の死体を安置所に届け、検視官を探しに行った。すべて解決した、というのが、ぼくが口にすることのできた最初の言葉だった。その後、ぼくは地面に倒れ、待っていた。検視官はぼくの傷を調べ、口元とまぶたの傷を縫合した。そのあいだ、何があったのかと尋ねた。犯人を見つけたんだ、とぼくは言った。逮捕して、闘ったのさ。検視官は、署長を呼ばなくてはと言った。彼が舌を鳴らすと、暗闇から痩せて寝ぼけ顔の若者が出てきた。きっと医学生だろうと思った。検視官は彼に、署長のところに行って、自分とお巡りペペ《ペペ・エル・ティラ》が署で待っていると伝えるよう命じた。若者は頷いて出ていった。その後、検視官とぼくは安置所に向かった。

エクトルの死体はそこに横たわっていて、毛並みはつやを失いかけていた。今となっては大勢の死体のなかの一体にすぎなかった。検視官が調べているあいだ、ぼくは隅でうとうとし始めた。署長の声がして、揺すられて目が覚めた。起きろ、ペペ、と検視官は言った。ぼくはあとをついていった。署長と検視官は急ぎ足で、ぼくの知らないトンネルのなかを歩いていった。ぼくは寝ぼけたまま、背中にひりひりした痛みを感じ、二匹の尻尾を見つめながらあとを追いかけた。まもなく空っぽの巣穴に到着した。玉座のようなもの（あるいは揺りかごだったかもしれない）の上で、影がひとつ沸き立っていた。署長と検視官に促されて、ぼくは前に進んだ。

話を聞かせておくれ、と多くの声であるひとつの声が暗闇から言った。最初、ぼくは怯えて後ずさりしたが、すぐに、声の主がとても年老いた女王鼠であることが分かった。つまりそれは、まだ幼いうちに尻尾を結び合わされた何匹かの鼠で、働くことはできない代わりに、ぼくたちの一族に異常なことが起きたときに助言を与えるために必要となる知恵が授けられていた。そこでぼくは事件を始めから終わりまで語って聞かせ、自分の言葉が報告書を書いているかのように公平で客観的であるよう努めた。話し終えると、多くの声であるひとつの声が暗闇から、そなたは歌姫ホセフィーナの甥なのかと尋ねた。そのとおりです、とぼくは言った。わたしたちが生まれたのはホセフィーナが生きているころでね、と女王鼠は言うと、大儀そうに体を動かした。ぼくは、歳月によってかすみつつある小さな目があちこちにある大きな黒い球状のものを認めた。ぼくは、女王鼠は太っていて、垢が固まって後ろ足が動かなくなっているだろうと想像した。異常だよ、と女王鼠は言った。エクトルのことだと分かるのに時間がかかった。わたしたちの生命を脅かすことにはならない毒だ、と女王鼠は言った。ある種の気狂い、個人主義者。ぼくには分からないことがあるのですが、とぼくは言った。署長が、話をやめさせようとするかのように爪でぼくの肩に触れたが、女王鼠は、何が分からないのか話しておくれと言った。なぜ赤ん坊を餓死に追い込んだのでしょうか？　ほかの犠牲者のように、喉を引き裂くのではなく。数秒のあいだ、ぼくに聞こえたのは沸き立つ影が息をする音だけだった。

たぶん、と少しして女王鼠は言った。あいつは死に至るまでを最初から最後まで、自分は手を下さずに、あるいはできるかぎり手を下さずに、目の当たりにしたかったのだろう。そして、またしても永遠に続くかのような沈黙ののち、こう付け加えた。忘れてはいけないよ、あいつは奇形だ、怪物だ。鼠は鼠を殺さない。

ぼくはうつむいたまま、どのくらいそこにいたのか分からない。眠ってさえいたかもしれない。突然、もう一度署長の爪が肩に触れ、ついてくるようにと命じる声が聞こえた。ぼくたちは無言で帰り道を辿った。安置所では、恐れていたとおり、エクトルの死体が消えていた。どこにあるのかと尋ねた。捕食者の腹のなかだといいが、と署長は言った。その後、ぼくはすでに分かっていたことを聞かされた。エクトルの件について、絶対に誰とも話してはならない。事件は終わり、ぼくにせめてできることと言えば、事件のことを忘れ、生き続け、働き続けることだった。

その晩は署で眠りたくなかったので、疲れ知らずの汚れた鼠たちでひしめく巣穴に自分用のくぼみを掘った。目が覚めるとひとりきりだった。その晩、ぼくたちの一族が未知のウィルスに感染した夢を見た。ぼくたち鼠は鼠を殺すことができる。この言葉が、目が覚めるまでぼくの頭蓋のなかで響いていた。もはや何ひとつ元どおりではないことは分かっていた。もはや時間の問題だと分かっていた。ぼくたちの環境に対する適応能力、ぼくたちの勤勉な性質、幸福――そんなものが本当は存在しないことは分かっていても、口実に、日ごろの英雄的な行動の舞台装置に、舞台の緞帳になってくれた――を求めての、長きに渡る集団での行進、それらは消えてゆく運命にあり、そのことは、ぼくたちが一族としても消えゆく運命にあることを意味していた。

ほかにすることもなかったので、いつものパトロールに戻った。警官が一匹、捕食者の手にかかってずたずたにされて死んだ。またもや外部から毒による攻撃を受けて何匹かが犠牲になった。いくつかのトンネルが浸水した。だがある晩、ぼくは体を焼き尽くすような熱に屈し、使われていない下水道のひとつへ向かった。

犠牲者の一匹を発見したのと同じ下水道だったのか、それとも初めて訪れる下水道だったのか、正確なところは分からない。結局のところ、使われていない下水道というのは、どれも同じだ。ぼくは長いことそこにじっと身を潜め、待っていた。何も起こらなかった。遠くで物音が、水がちゃぷちゃぷ音を立てているのが聞こえるだけで、それがどこからやってくるのか突き止めることはできなかった。パトロールを延長して徹夜したため、目を赤くして署に戻ると、何匹かの鼠が近くのトンネルでつがいのイタチを見たと言い張っていた。新米警官がその鼠たちのそばにいた。彼は何かしらの合図を期待してぼくを見た。そのイタチは三匹の鼠と何匹かの子鼠を追いつめ、トンネルの突き当たりで仕留めようとしていた。援護を待っていたら遅すぎる、とその新米警官は言った。

遅すぎるって、何が？　と、あくびをしながらぼくは尋ねた。その子鼠と、ベビーシッターの鼠を助けるにはってことです、と彼は答えた。何もかも、もう遅すぎる、とぼくは思った。そしてこうも思った。いったいどの時点から遅すぎるようになってしまったのだろう？　叔母のホセフィーナの時代だろうか？　百年前だろうか？　千年前だろうか？　三千年前だろうか？　もしかしたら、ぼくたちの種族は誕生したときから呪われていたのではなかったか？　新米警官は、何か合図を期待してぼくを見た。彼は若く、仕事に就いてまだ一週間と経っていなかっただろう。ぼくたちの周りには、小声で話したり、トンネルに耳を押し当てたりしている鼠たちがいて、その多くは震えたり逃げ出したりしないよう精一杯努力していた。君ならどうする？　とぼくは尋ねた。規則に従います、と警官は答えた。トンネルに入り、子供たちを助けるんです。

君はイタチと闘ったことがあるのか？　イタチにずたずたにされる覚悟があるのか？　とぼくは言った。闘い方は知っています、ぺぺ、と彼は答えた。ここまでくると、もはや言えることはほとんどなかったので、ぼくは立ち上がると、ついてくるよう命じた。トンネルは真っ暗で、イタチの匂いが漂っていたが、ぼくは暗闇のなかでどう動くべきか分かっている。二匹の鼠がみずから名乗り出て、ぼくたちのあとをついてきた。

アルバロ・ルーセロットの旅

カルメン・ペレス・デ・ベガに

アルバロ・ルーセロットの奇妙な事例は、文学の謎を集めたアンソロジーのなかで特別な場所を占めるほどではないにせよ、われわれが注意を払うだけの、少なくとも一分間は注意を払うだけの価値はあるだろう。

数は多くないものの、確かに存在する二十世紀半ばのアルゼンチン文学の熱心な読者であれば、たぶん誰もが記憶していることと想像するが、ルーセロットは独創的なプロットを用いて次々と作品を量産する才能ある散文作家だった。正統的なスペイン語を用いたが、筋立てが必要とするならブエノスアイレスの俗語であるルンファルドの使用も控えず、それでいて形式が複雑になりすぎることはなかったし、少なくとも、彼の忠実な読者であるわれわれはそう思っていた。

時間——不吉なというよりもすぐれて皮肉なあの登場人物——とともに、ルーセロットの単純さはもはや単純なものには思えなくなった。もしかすると複雑な人物だったのかもしれない。つまり、われわれが考えていたよりもはるかに複雑だったのかもしれない。しかし、別の解釈も存在する。彼もまた、偶然というものの犠牲者だったのかもしれないということだ。

これは、文学を愛する人々のあいだではよくあることである。実際、愛する対象が何であったとしてもよくあることである。われわれは誰しも、しまいには崇拝する対象の犠牲になってしまうのだが、それはもしかすると、あらゆる情熱が――人間がもつ他の感情よりも速いスピードで――それ自体への終わりへと近づいていくから、欲望の対象にあまりに執着してしまうからなのかもしれない。

確かなことは、ルーセロットの文学への愛は、彼と同世代の仲間たち、先行世代の作家たち、来る世代の作家たちと比べてもひけをとらなかったということであり、つまり彼は、多くのアルゼンチン作家と同様、過剰な幻想を抱かない程度に文学を愛していた。このことで私が言いたいのは、彼が他の人々とさして変わらなかったということであるが、しかしながら、彼の同業者であれ、束の間の悦びや苦悩をともにした彼の仲間たちであれ、その他の人々には、似たようなことは決して起きなかったのである。

ここに至って、運命というものは、他の人々に対しては彼らにふさわしい地獄を、彼らにふさわしい特別な地獄を用意しておいたのだというもっともな理由で反論できるかもしれない。たとえば、アンヘラ・カプートは想像もつかないやり方で自殺したが、危なっかしい幼稚さが充満する彼女の詩を読んだことのある者で、彼女が恐怖を作り出すために計算し尽くした舞台装置のなかで、かくもおぞましい死に方をすると予想できた者はひとりもいなかったはずである。あるいはサンチェス・ブラディ。謎めいた文章を書いていた彼の人生は、一九七〇年代、すでに五十を過ぎ、文学（と世界）に関心を失っていたときに、軍事政権によって中断されてしまったのだ。

しかし、こうした数々の逆説的な死と運命を並べてみたときに、ルーセロットの運命や、彼の人生をかすかに取り巻いていた異常さ、そして彼の仕事、つまり彼の書いたものが、彼自身もほとんど分からずにいたある極限というか縁に位置していたか達していたという自覚が取るに足らないものであったというわけではない。

彼の物語は単純に説明することができる。おそらく、結局のところ単純な物語だからだ。一九五〇年、三十歳のとき、ルーセロットは最初の本を出版した。『孤独』という、どちらかと言えば控えめなタイトルの小説で、パタゴニア地方の刑務所で過ぎていく日々を扱っていた。当然のことながら、過ぎ去った人生と失われた幸福の瞬間を思い起こす告白に満ち、暴力にも満ちている。小説を半分まで読み進むと、登場人物の大半が死んでいることにわれわれは気づく。残りわずか三十ページのところで、一人を除いて全員が死んでいることが唐突に分かるのだが、唯一生きている人物が誰なのか、決して明かされない。この小説は、ブエノスアイレスでは大して評判を呼ばず、売れ行きは千部にも届かなかったが、ルーセロットの何人かの友人のおかげで、定評ある出版社からフランス語に翻訳されるという幸運に恵まれ、その本は一九五四年に出版されることになる。『孤独』は、ビクトル・ユーゴーの国では『パンパの夜』となり、書評を書いた二人の文芸批評家のうち、一人は好意的に、もう一人は過度の興奮とともに取り上げたほかは誰の目にも留まらず、やがて、書棚の端か、古本屋で山積みにされた本のなかに消えていった。

だが、一九五七年の終わりごろ、フランスの監督ギィ・モリーニの映画『失われた声』が公開された。その映画はルーセロットの本を読んだことのある者にとっては、『孤独』の巧みな翻案にほかならなかった。モリーニの映画は原作とはまったく異なる始まり方と終わり方だったが、映画の根幹とも言えるところ、あるいは中心となる部分はまったく同じだった。薄暗い、半分も客の入っていないブエノスアイレスの映画館でそのフランスの監督の映画を初めて見たときのルーセロットの驚きたるや、とても再現することはできないと思う。当然ながら、彼は自分が剽窃の犠牲になったと考えた。日々が流れるうちに別の解釈を思いついたが、盗作者の手にかかったという説明のほうが勝った。そのことを知って映画を見に行った友人たちのうち、半分は製作会社を訴えることに賛成したが、もう半分はニュアンスの違いこそあれ、こうしたことは起きるものだという意見で、ブラームスを例に出した。そのころまでにルーセロットは、二作目の小説である『ペルー街の古文書館』という探偵ものをすでに上梓していた。ブエノスアイレスの異なる三つの場所で発見された三つの死体をめぐって展開する筋立てで、最初の二つの死体は三人目によって殺されたもので、その三人目は誰に殺されたのか分からないという話だった。

その小説は『孤独』の作者に期待されていたものとは違ったが、批評家たちは好意的に扱った。もっとも、ルーセロットの全作品のなかでおそらくいちばんの駄作だった。モリーニの最初の映画がブエノスアイレスで封切られたころには、『ペルー街の古文書館』が街の本屋に出回ってすでに一年が経とうとしていて、ルーセロットはマリア・エウヘニア・カラスコという首都の文学サークルに頻繁に顔を出していた若い女と結婚し、シメルマン&グルチャーガ弁護士事務所で働き始めていた。

彼の生活は決まりきったものだった。朝六時に起床、八時まで執筆し、あるいは執筆しようとし、その時間になると詩神《ミューズ》との交信を中断して、シャワーを浴び、家を出て事務所まで走り、九時十五分前か十分前に到着した。午前中はほとんど、書類を確認したり裁判所を訪れたりして過ごした。午後二時には自宅に戻り、妻と昼食をとったあと、夕方事務所に戻った。七時になると弁護士仲間とたてい一杯やったが、遅くとも夜八時には、新妻が夕食を用意してルーセロットを待っている自宅に帰り、夕食後は、マリア・エウヘニアがラジオを聴いているかたわらで読書をする。土曜と日曜はもう少し長い時間執筆し、夜はひとりで文学仲間に会いに出かけた。

『失われた声』の公開は、彼のいる小さなサークルの外にほんのわずかに広まる程度の名声を彼にもたらした。どちらかというと文学に関心のない弁護士事務所のいちばんの友人は、モリーニを盗作で訴えたらどうかと助言した。ルーセロットはじっくり考えたあとで、何もしないことを選んだ。『ペルー街の古文書館』のあとは薄い短篇集を出版し、それからほとんど間をおかずに、三作目の小説『新婚者の生活』を出した。タイトルが示すとおり、ある男が結婚して最初の数か月を語るもので、夫は妻のことをよく知っていると信じていたが、日々が過ぎるとともに、とんでもない誤りを犯したことに気づく。妻は正体不明の女だったばかりでなく、彼が身の危険すら感じるほどの一種の怪物だった。しかし夫は妻を愛し（より正確に言うなら、以前は彼女に対して感じていなかった肉体的な魅力を発見し）、我慢するが、やがて耐えきれなくなって逃げ出す。

その小説は当然ながらユーモアを特徴としていて、ルーセロットも編集者も驚いたことに、読者もそういうものとして理解してくれた。初版は三か月で売り切れ、一年後には一万五千部以上が売れていた。ルーセロットの名前は一夜のうちに、居心地のいい薄暗がりから、一時的とはいえ輝かしいスター作家の仲間入りを果たした。彼はそれを悪くとらなかった。稼いだ印税で妻と義妹を伴ってプンタ・デル・エステでバカンスを過ごし、彼はこっそり『失われた時を求めて』を読むことに精を出した。というのは、プルーストを読んだことがあると周囲にうそぶいていたからで、マリア・エウヘニアと妹が海辺ではしゃいでいるかたわら、彼はその、嘘ではあるが何よりも、フランスでもっとも著名な小説家を読んだことがないという大きな穴を埋めたのだった。

カバラ主義者の本でも読んだほうがよかったかもしれない。プンタ・デル・エステで過ごしたバカンスの七か月後、『新米夫の生活』のフランス語版がまだ出ていないのに、モリーニの最新作『日の輪郭』がブエノスアイレスで公開された。その映画は『新婚者の生活』とまったく同じ内容だったが、映画のほうが秀逸な出来映えだった。つまり、おびただしい修正と加筆が施されていて、そのやり方は監督が最初の映画で用いた手法をいくらか思い出させた。ルーセロットの小説の筋立てを映画の中心部分に圧縮し、映画の冒頭と最後の部分は注釈としたのだ（ときに背景をなしていたり、ときに中心となるストーリーから脱線したように見せかけたり、本当に脱線したり、またあるときは――ここにおかしみがあったのだが――さして重要ではない人物の生活を単にみずみずしく描き出すといった具合である）。

今度ばかりは、ルーセロットの不快感も極限に達した。アルゼンチンの文壇は、一週間にわたりモリーニ事件の話でもちきりだった。しかし、今度こそ盗作を訴えて法的措置を取るだろうとみなが思っていたとき、ルーセロットは、断固たる態度を期待していた人々が驚いたことに、何もしないことに決めた。彼の決断を完全に理解できた者はほとんどいなかった。抗議もせず、芸術家の名誉や誠実さに訴えようともしなかった。ルーセロットは当初の驚きと憤りのあとで、少なくとも法的手段に関しては何もしないと決め、待つことにした。彼のなかの何か、おそらく作家の精神と呼んでも間違いではないと思うのだが、そのために彼は見せかけの消極性の辺土へと引きこもり、周囲に厚い壁を作るか、彼自身が変化するか、あるいは将来の不意打ちに備えるようになったのだ。

その他の点では、作家として人として、彼の人生は、望んでいたことを実現してくれるほどにまで、すでに変化していた。彼の本はよい批評に恵まれ、よく読まれ、予想外の収入もあり、家族との生活はやがて、マリア・エウヘニアが母親になるという知らせとともにとたんに充実度を増した。モリーニの三作目の映画がブエノスアイレスに届いたとき、ルーセロットは一週間家に閉じこもり、映画館に向かって取り憑かれたように駆け出してしまわないようこらえて過ごした。友人たちには映画の筋立てを話すことも禁じた。彼は最初、自分は映画を見ないだろうと思っていたが、一週間経つともはや耐えられなくなり、ある晩、赤ん坊にキスすると、戦場に行ったきり二度と再会できないのではないかというかのように打ちひしがれている乳母に託し、妻と腕を組んで映画館に向かった。

モリーニの映画は『消えた女』というタイトルで、ルーセロットのどの作品とも共通点はなく、モリーニの前二作とも少しも似るところがなかった。映画館を出ると、妻は、映画はひどい出来映えで退屈だったと言った。アルバロ・ルーセロットは自分の意見を控えたが、心のなかでは同じことを思っていた。数か月後、彼はこれまでもっとも長い（二〇六頁）新作、『曲芸師の家族』を刊行した。彼はこの小説で、以前の作品にあった幻想的で探偵小説風のスタイルを捨て、強いて言うなら、コロスを用いた小説、多声的な小説とでも呼びうる何かで実験を試みた。その結果はやや不自然でぎこちなさは残ったものの、登場人物の誠実さと素朴さ、自然主義小説の痙攣をユーモラスに回避するある種の自然主義、そこで語られるストーリーそのもの、ごく些細だが勇敢なストーリー、アルゼンチンの不屈の精神がしっかりと伝わってくる幸福で無益なストーリーによって救われていた。

ルーセロットの最高傑作であることに疑いはなく、それまでの本はすべて再版された。彼は市の文学賞を受賞するという栄誉に輝き、その授賞式では、新しいアルゼンチン文学の燦然たる五人のホープの一人であるとの特別な扱いを受けた。だがこれはまた別の話である。すでに知られているように、いかなる文学の燦然たるホープであっても、一日だけ咲く花にすぎず、たとえその一日が文字どおり束の間であっても、あるいはその一日が十年、二十年と続いたとしても、最後には枯れるのである。

わが市の文学賞を主義として信用しないフランス人が、『曲芸師の家族』を翻訳出版するには時間を要した。当時、ラテンアメリカ小説の名声はブエノスアイレスよりも暑い気候のほうへ移っていた。その小説がパリでお目見えするころまでに、モリーニはすでに四作目と五作目の映画を撮っていた。フランス人探偵をめぐる、ありがちだが好感のもてる物語と、サントロペで過ごしたある家族のバカンスをめぐる一応コミカルな設定のドタバタ劇だった。

映画は二本ともアルゼンチンまで届き、ルーセロットはどちらも自分が書いたものとは似ても似つかないのを確かめてほっとした。まるでモリーニのほうが彼から離れていったのか、あるいは債権者に追い立てられたか映画ビジネスの渦にのみ込まれたかしてモリーニは彼との交流をやめてしまったかのようだった。ほっとしたあと、案の定、哀しみがやってきた。二、三日のあいだ、ルーセロットは自分の最良の読者を、真にその人に向かって書いていた唯一の読者を、自分に応えることのできる唯一の読者を失ってしまったのだという考えに取り憑かれてさえいた。自分の本の翻訳者たちと連絡を取ろうとしたが、彼らは別の翻訳や別の作家に取りかかっていて、彼の手紙には丁重な言葉遣いながら言い逃れの返事を送ってくるだけだった。翻訳者の一人は、モリーニの映画を一本も見たことがなかった。もう一人は一本だけ見たことがあったが、その映画との類似が疑われている小説は彼が翻訳したものではなく、手紙の内容から察するに、その小説自体も読んだことはないようだった。

ルーセロットがパリの出版社に、モリーニが本の刊行前に原稿を手に入れていたのかどうか問い合わせてみると、相手は驚きもしなかった。多くの人間が出版される前のさまざまな段階の原稿を手に入れているという素っ気ない返事が返ってきた。ばつの悪い思いをした彼は、手紙を送りつけて人々を困らせるのはやめにして、いずれパリに行くときまで調査は先送りすることにした。一年後、彼はフランクフルトの作家会議に招かれた。

アルゼンチン作家の代表団は大勢で、旅は快適だった。ルーセロットは、彼が師と仰ぐブエノスアイレス出身の二人の老作家と知り合うことができた。彼らの役に立とうとして、同僚というよりは秘書か付き人のように、どんなささいなことにも奉仕したが、そうした振る舞いのせいで、自分と同世代の作家に非難され、こびへつらう卑屈なやつだと言われた。それでもルーセロットは幸せで、相手にしなかった。気候はともかくとしても、フランクフルトでは楽しく過ごし、ルーセロットは二人の老作家から片時も離れなかった。

実を言うと、少々わざとらしいその幸福な雰囲気のほとんどはルーセロット自身が作り出したものだった。会議が終われば、ほかの仲間たちはブエノスアイレスに戻るかヨーロッパで何日か休暇を取るが、自分はパリに旅立つことが分かっていた。出発の日が来て、アルゼンチンに帰る代表団を見送りに空港まで行ったとき、ルーセロットの目は涙であふれた。老作家の一人がそれに気づいて、心配するんじゃない、またすぐに再会できる、ブエノスアイレスの家の戸は君のために開いているからと励ました。ルーセロットは何のことか分からなかった。本当はひとり残されることが、そして何よりも、パリにひとりで向かい、自分を待ち受けている謎に直面するのが怖くて泣きそうだった。

サン=ジェルマンの小さなホテルに投宿してすぐ、『孤独』(『パンパの夜』)の翻訳者に電話をかけてみたが、無駄に終わった。電話は鳴り続けるだけで誰も出ず、出版社は翻訳者の居所を知らなかった。実のところ、出版社の人間はルーセロットが何者かすら分かっていなかったが、自分の二冊の本、『パンパの夜』と『新婚者の生活』を出してくれた出版社であることを説明するとついに、五十絡みの男(ルーセロットには、その男が会社でどのような役割を果たしているのか最後まで分からなかった)が彼を認め、すぐさま話題を変えて、不適切なまでに深刻な口調で(しかもその場にはなおさら)、彼の本の売れ行きが実に悪いと言い始めた。

ルーセロットはそこから、(モリーニはどうやら読んでいないらしい)『曲芸師の家族』を出した出版社に向かった。諦め半分ではあったが、その本の翻訳者なら、『パンパの夜』と『新婚者の生活』の翻訳者たちと連絡を取ってくれるのではないかと期待して、彼の住所を聞こうとしたのだった。この出版社は前の出版社よりもかなり小さく、実際、秘書の女性が一人、というかルーセロットの応対をしたのがその女性だったので彼は秘書だと思ったのだが、あとは男性の編集者が一人しかいないようだった。その若者は笑顔と抱擁で彼を迎え、スペイン語で会話しようと言い張ったが、たちまち語学力の乏しさが明らかになった。『曲芸師の家族』の翻訳者と話がしたい理由を問われると、ルーセロットはどう答えていいか分からなかった。その瞬間、この小説、あるいは前の小説の翻訳者が彼をモリーニのもとに導いてくれるとは思えないと気づいたのだ。だが、そのフランス人編集者が気さくだったので(そのうえ午前中はルーセロットの話を聞く以外にすることもないようで、時間はたっぷりあった)、モリーニの話をすべて、最初から最後まで打ち明けることにした。

話が終わると、編集者は煙草に火をつけ、黙り込んだまま、せいぜい奥行き三メートルあるかないかのオフィスを行ったり来たりした。ルーセロットは待ったが、次第に落ち着きを失っていった。編集者はついに、原稿が詰まったガラス戸のある書類棚の前で足を止め、パリに来たのは初めてかと訊いた。ルーセロットは、少しきまり悪そうに、そのとおりだと言った。パリジャンは食人種だよ、と編集者は言った。ルーセロットはあわてて、モリーニを相手どって法的手段に訴えるつもりなどまったくないこと、ただ監督に会って、言ってみれば彼自身と無関係ではない二本の映画の筋立てをどのようにして思いついたのかを尋ねることができたらと思っているだけであることをはっきりさせた。編集者は声をあげて笑った。カミュ以来のことですがね、と彼は言った。ここでは金にしか興味がないんですよ。ルーセロットは意味をはかりかね、彼を見つめた。カミュが死んでから、知識人たちは金を何よりも優先させるようになったということなのか、それともカミュが芸術家のあいだで需要と供給の法則を打ち立てたということなのか、編集者の言いたいことは分からなかった。

私はお金には興味ありませんせん、とルーセロットは小声で言った。ぼくもですよ、可哀想なお仲間さん、と編集者は言った。ぼくがいる場所を見てごらんよ。

二人は、ルーセロットのほうから電話して近いうちに夕食でも食べようと約束して別れた。その日の残りは観光して過ごした。ルーヴル美術館に行き、エッフェル塔を訪れ、カルチエ・ラタンのレストランで食事し、古本屋をいくつかはしごした。その夜ホテルから、パリ在住でブエノスアイレス時代からの知り合いであるアルゼンチン作家に電話をかけた。友人と言えるほどの間柄ではなかったが、ルーセロットは彼の作品を評価していたし、彼の文章がいくつかブエノスアイレスの文芸誌に載るよう手助けしてやったこともあった。

そのアルゼンチン作家はリケルメという名で、ルーセロットの声を聞いて喜んだ。ルーセロットは、その週のどこかで会って、昼食か夕食でも食べる約束をしようとしたが、リケルメは彼の話を聞こうともせず、どこから電話をかけているのかと訊いた。ルーセロットはホテルの名前を教え、もう寝るつもりなんだがと言った。リケルメは、寝支度なんかやめておけ、すぐにホテルに着くから、それに今晩はおれのおごりだからと言った。圧倒されたルーセロットは抵抗できなかった。最後にリケルメに会ってから何年も過ぎていたので、ホテルのロビーで待っているあいだ、彼の顔立ちを思い出そうとした。大きな丸顔に金髪で、背は低いけれどがっしりした体格。ここ最近、彼の書いたものは読んでいなかった。

リケルメがついに現われたとき、彼だとなかなか分からなかった。もっと背が高く見え、さほど金髪ではなく、眼鏡をかけていた。そのあとは打ち明け話と新しい事実に満ちた一夜となった。ルーセロットは午前中にフランス人編集者に語って聞かせたのと同じ話を友人に語って聞かせ、リケルメのほうは二十世紀アルゼンチンの一大小説を書いているところだと彼に語った。八百ページを越える分量で、三年以内には書き上げるつもりだった。ルーセロットはあえて筋立てを尋ねなかった。リケルメは本のなかのいくつかの章について詳細に語った。二人はバーとナイトクラブを何軒かはしごした。途中でルーセロットは、リケルメも自分も、まるでティーンエイジャーのような振る舞いをしていることに気がついた。彼は最初、そのことに気づいて気恥ずかしさを覚えつつも、次第に、その夜が終われば自分のホテルがあること、自分のホテルの部屋があること、ホテルという言葉が、自由と不確実性をその瞬間、奇跡的に（つまり一瞬）具現しているように見えたことを知って嬉しくなり、ためらうことなく目下の状況に身を任せた。

しこたま飲んだ。目が覚めると、隣に女がいた。女はシモーヌという名で、娼婦だった。ホテルのそばのカフェで一緒に朝食をとった。シモーヌは話し好きだったので、ルーセロットは、彼女は娼婦がかかわる最低の職業であるぽん引きとは関係がないこと、二十八歳になったばかりだということ、映画を見るのが好きだということを知った。彼はパリのぽん引きの世界には関心がなかったし、シモーヌの年齢からして、それが有意義な話題になるとは思えなかったので、映画について話し始めた。彼女はフランス映画を見るのが好きで、ほどなくモリーニの映画の話になった。最初の何本かはとってもよかったわ、というのがシモーヌの意見だった。ルーセロットはその場で彼女にキスしたくなった。

二人は午後二時になってホテルに戻り、夕食の時間まで外出しなかった。ルーセロットが人生でこれほど心地よく感じたことはなかったと言っていいかもしれない。書いて、食べて、シモーヌと踊りに出かけ、左岸の街路をあてどなく歩き回りたい欲望に駆られた。実際、あまりに気分がよかったので、夕食の途中、デザートを注文する直前になって、パリに来た理由を彼女に語って聞かせた。予想とは裏腹に、娼婦は驚きもせず、彼が作家であることや、モリーニが剽窃を行なったにせよ模倣したにせよ、あるいは彼の最良の二本を製作するにあたりルーセロットの二つの小説から勝手に着想を得たにせよ、それをごく当たり前のこととして受け止めた。

人生にそういうことはつきものよ、もっとおかしなことだってあるわ、というのが、彼女の素っ気ない返事だった。その後、何の脈絡もなしに、彼に結婚しているのかと尋ねた。答えはその問いのなかにほのめかされていたので、ルーセロットは観念したように、これまでにないほど薬指を締めつけていた金の指輪を見せた。それで、子供はいるの？　とシモーヌは訊いた。息子が一人いる、とルーセロットはわが子の姿を頭のなかで思い出しながら優しく言った。ぼくとそっくりなんだ、と彼は付け加えた。その後シモーヌは、家まで送ってとせがんだ。タクシーのなかで二人は黙り込み、それぞれの側のウィンドウを通して、予想もつかないところから光と影があふれ出てくるのを眺めていて、それはまるで、光の都が、ある時間帯のある地区では、中世ロシアの都市、あるいはソビエトの映画監督が自分たちの映画のなかでしばしば観衆に提示したような都市のイメージに、その姿を変えているかのようだった。ついにタクシーは四階建ての建物の前に停まり、シモーヌは降りないかと彼を誘った。ルーセロットはどうするべきかと迷ったが、そのとき彼女に支払いをすませていないことを思い出した。しまったと思いながら、タクシーがしょっちゅう走っているようには見えないその地区からどうやってホテルに戻ったらよいかも考えずに降りた。建物に入る前に、紙幣の束を数えずにシモーヌに手渡すと、彼女のほうも数えずにハンドバッグにしまった。

建物にエレベーターはなかった。四階に着いたとき、ルーセロットは息切れしていた。薄暗い明かりの居間で、老婆が白っぽい液体を飲んでいた。シモーヌに言われてルーセロットが老婆の隣に座ると、老婆はコップを出して、その気味の悪い飲み物を注いだ。そのあいだシモーヌはドアの向こうに消え、少しして戻ってくると、身振りで来るように言った。今度は何だろう？　とルーセロットは思った。

その部屋は狭く、ベッドでは子供が眠っていた。息子よ、とシモーヌは言った。可愛いね、とルーセロットは言った。そして実際、子供は美しい顔立ちをしていたが、おそらく単に眠っていたからだろう。金髪をかなり長く伸ばし、母親似だったが、幼い容貌にはすでに男らしさが表われていること をルーセロットは確認した。部屋から出ると、シモーヌが老婆にお金を渡しているところで、老婆は、さようなら、マダムと挨拶し、彼にも、おやすみなさいませ、旦那様、と大げさな口ぶりで別れの挨拶をした。ルーセロットは、もう今日はこれで十分だと見計らい、帰ろうとすると、シモーヌが、よかったら泊まっていかないかと尋ねた。でもベッドは別よ、と言った。他人と寝ているのを子供に見られたくないの。眠る前に二人はシモーヌの部屋でセックスし、その後ルーセロットは居間に行き、ソファに横になって眠り込んだ。

翌日は家族で過ごしたと言っていいだろう。子供はマルクという名で、フランス語は間違いなくルーセロットよりも上手く、とても賢い子に見えた。ルーセロットは後先考えずに金を使った。パリの中心で朝食を食べ、公園に行き、ブエノスアイレスで教えてもらったヴェルヌイユ通りのレストランで昼食をとり、その後、湖でボートに乗り、最後はスーパーマーケットに行った。シモーヌは、きちんとした夕食に必要な材料を何から何まで買いそろえた。彼らはどこに行くにもタクシーを使った。サン＝ジェルマン大通りのカフェのテラス席でアイスクリームを待っていると、有名な作家を二人見かけた。彼は感嘆するように遠くから二人を眺めていた。シモーヌは知り合いなのかと尋ねた。彼は、違うけれど、二人の作品を夢中になって読んだことがあると言った。それなら、立ち上がってサインをもらいに行ったらどう、と彼女は言った。

最初は、もっともだ、そうするのが当たり前だと思ったが、最後の瞬間になって、自分には他人に迷惑をかける権利はない、これまでずっと尊敬してきた相手ならなおさらだと思い至った。その晩、彼はシモーヌのベッドに入り、互いに手で口をふさぎ、声を出して子供を起こしてしまわないようにしながら、ときに激しく、まるで互いの体を欲しがる以外は何もできないかのように何時間も交わった。翌日、彼は子供が目を覚ます前にホテルに戻った。

予想に反して、彼のスーツケースは路上に放り出されておらず、彼が幽霊のように突然現われたのを見ても、驚く者はいなかった。フロントでリケルメからの伝言を二通渡された。最初の伝言には、モリーニの居場所を突き止める方法が分かったと書かれていた。二通目では、まだモリーニと知り合う気があるかと尋ねていた。

シャワーを浴び、髭を剃り、歯を（震えながら）磨き、着替えて、リケルメに電話をかけた。話は長引いた。おれの友人が、スペイン人で新聞記者をしてるんだがね、とリケルメは彼に語った。映画や演劇、音楽についてコラムを書いているフランスの記者と知り合いなんだ。そのフランス人記者はモリーニと親しかったことがあり、いまも彼の電話番号を知っていた。スペイン人がフランス人にその番号を教えてくれと言うと、相手は渋ることなく教えてくれた。その後二人（リケルメとスペイン人記者）が、あまり期待せずにモリーニに電話をかけてみたところ、女が電話に出て、そこが確かに映画監督の家だと分かり、たいそう驚いた。

あとはとにかく、くだらない口実を何か、たとえばアルゼンチン人記者のインタビューでもでっち上げて（リケルメとスペイン人記者も立ち会いたいとのことだった）、会う約束を取りつけるだけだ、で、最後に驚かせてやればいい。最後に驚かせるだって？　とルーセロットは声を張り上げた。最後に偽物の記者が、自分が何者なのか、つまり剽窃された本の作者なのだと盗作者に告げるわけさ、とリケルメは答えた。その日の夕方、ルーセロットがセーヌ河畔で適当に写真をとっていると、浮浪者が近寄ってきて、小銭をねだった。ルーセロットは、好きに写真を撮らせてくれるなら、と条件を出して紙幣を与えた。浮浪者は同意し、少しのあいだ、二人は無言で連れ立って歩き、ときどき立ち止まっては、アルゼンチン作家が適当に距離をとって浮浪者の写真を撮った。三枚目を撮るとき、浮浪者がポーズをとろうかと提案すると、ルーセロットは異議を唱えることなく受け入れた。全部で八枚撮った。浮浪者が両腕を広げてひざまずいているのが一枚あった。別の写真では、ベンチで眠ったふりをしていて、また別のでは、思いに耽って川の流れを見つめ、さらにもう一枚では微笑みを浮かべ、手を振っていた。撮影が終わると、ルーセロットは紙幣を二枚とポケットに入っていた小銭を全部やったが、二人とも、まだ何か言うべきことがあるのにどちらも言わずにいるかのように立ち尽くしていた。どちらのご出身で？　と浮浪者は尋ねた。ブエノスアイレスだが、とルーセロットは言った。アルゼンチンの。こいつは偶然だ、と浮浪者はスペイン語で言った。おれもアルゼンチン人なんだよ。この告白にルーセロットは少しも驚かなかった。浮浪者はタンゴを口ずさみ始め、その後、自分はヨーロッパに住んで十五年以上経つ、ヨーロッパでは幸福と、ときどきだが何がしかの分別を得られたと語った。ルーセロットは、浮浪者がフランス語で話しているときとは違う親しげな口ぶりで話していることに気づいた。彼の声、声のトーンさえもが変わってしまったようだった。まるで一日の最後に谷底を覗き込まなければならないことが分かったかのように、気が重くなり、ひどく悲しくなった。浮浪者はそれに気づいて、何か心配ごとがあるのかと尋ねた。

なんでもないよ、女のことさ、とルーセロットは同郷者の口調を真似ようとして言った。そして、そそくさと別れを告げて階段を上りかけると、死だけが確かなものだ、と言う浮浪者の声がした。おれはエンソ・チェルビニだ、言っておくが、死だけが確かなものなんだ、と聞こえた。振り返ると、浮浪者は向こう側に歩み去っていった。

その夜、シモーヌに電話をかけると留守だった。子供の面倒を見ている老婆と少し話したあと、電話を切った。夜十時になってリケルメがやってきた。出かける気になれなかったので、ルーセロットは、熱があって吐き気がすると言ったが、どんなに言い訳しても無駄だった。悲しいことに、パリが自分の同胞を、いかなる反論も受けつけない自然の猛威に変えてしまっていたことを彼は悟った。その夜は、ラシーヌ通りで炭火焼き肉を食べさせる小さなレストランで夕食をとった。同席したパコ・モラルとかいう名のスペイン人記者は、おそろしく下手くそなブエノスアイレス訛りをときどき真似し、スペイン映画のほうがフランス映画よりもはるかに優れているし、より濃密だと信じていて、リケルメもそれに賛成だった。

夕食は思った以上に長引き、ルーセロットは気分が悪くなってきた。ホテルに戻ると朝の四時で、熱があり、食べたものを戻し始めた。目が覚めたときは正午近くで、パリにもう何年も住んでいるかのような気がした。上着のポケットを探り、リケルメから奪い取った電話のメモを取り出すと、モリーニに電話をかけた。女が――ルーセロットは、前にリケルメが話したのと同じ相手だと思った――電話に出て、ムッシュー・モリーニは今朝ご両親のところに出かけ、二、三日戻ってきませんがと言った。すぐさま、彼女は嘘をついている、あるいは映画監督が彼女に嘘をついて急いで出かけたのだと思った。彼は、自分がアルゼンチンの記者で、ラテンアメリカ全土で読まれている雑誌、アルゼンチンからメキシコまで途切れることなく大部数で流通している雑誌に載せるため、監督にインタビューしたいと伝えた。ひとつ問題があって、と彼は条件を言った。二日後に帰国の便が出てしまうので、時間がないのですが。彼は丁重にモリーニの両親の住所を尋ねた。繰り返すまでもなかった。女は彼の話を礼儀正しく聞いたあと、ノルマンディーにある村と通りの名前と番地を彼に告げた。

ルーセロットは礼を言い、その後、シモーヌに電話をかけた。誰も出なかった。すぐに、今日が何曜日なのかすら知らないことに気がついた。ウェイターに尋ねようかと思ったが、恥ずかしくなった。リケルメに電話をかけた。しゃがれ声が受話器の向こうから聞こえてきた。モリーニの両親の村がどこにあるか知っているかと尋ねた。モリーニって誰だ？ とリケルメは言った。思い出させようとして、話を部分的に繰り返して説明した。見当もつかないな、とリケルメは言うと、電話を切った。一瞬、頭に血が上ったあとで、リケルメが自分の話に興味を失くしたのならそのほうがいいと思った。その後ホテルに戻り、荷造りして鉄道駅に向かった。

ノルマンディーまでの道のりは、パリにいたあいだに彼がしたことを考え直すのに十分な時間を与えてくれた。絶対的なゼロが彼の頭のなかで点灯し、その後、静かに、永久に消えていった。列車はルーアンで停まった。他のアルゼンチン人であれば、そして状況が違えば彼もまた、猟犬のようにフロベールの痕跡を追いかけようと、一瞬たりとも躊躇せず通りに飛び出したに違いない。ルーセロットは、駅から一歩も出ずにカーン行きの列車を二十分待ち、シモーヌのことを考えた。彼女はフランス人女性の気品を体現していた。リケルメと彼の奇妙な友人の記者のことも考えた。二人とも基本的に、どんなに珍しかろうと、他人の物語よりは自分自身の失敗を探し回ることのほうに関心があり、よく考えてみれば、それはとりわけ不可解なことではなく、むしろ当然のことだった。人は所詮、自分のことにしか興味がないのだ、と彼は重々しく結論を下した。

カーンでタクシーに乗り、ル・アメルに向かった。パリで教えられた住所がホテルだったと気づき、彼は驚いた。四階建てで、それなりに瀟洒なホテルだったが、シーズンが始まるまでは閉鎖されていた。三十分ほど周囲をうろうろしながら、モリーニの家に住んでいる女に騙されていないだろうかと考えているうちに疲れてきたので、港に向かった。一軒のバーでは、ル・アメルで営業しているホテルを見つけるのはまず不可能だと言われた。赤い髪に、死人のように青ざめた顔の店主は、アロマンシュに泊まったほうがいい、年中営業している宿屋に泊まりたいのでなければと教えてくれた。ルーセロットは礼を言って、タクシーを探した。

彼は、アロマンシュで見つけることのできたいちばんいいホテルに宿をとった。煉瓦と石と木材で造られた大きな屋敷で、強風が吹くとみしみし音を立てた。今夜はプルーストの夢を見そうだな、と彼は思った。その後、シモーヌに電話をかけて、子供の面倒を見ている老婆と話した。マダムは朝の四時過ぎでないと戻りません、今日は乱交パーティですから、と老婆は言った。何だって？　とルーセロットは訊き返した。老婆は同じ台詞を繰り返した。やれやれ、とルーセロットは思い、別れも告げずに電話を切った。そのうえ、その夜の夢に出てきたのはプルーストではなくブエノスアイレスだった。アルゼンチンのペンクラブに何千人ものリケルメが住み着いていて、その誰もがフランス行きの航空券を持ち、誰もが声を張り上げ、誰もがある名前を、誰かの名前か何かの名前を口汚く罵っていたが、ルーセロットにはよく聞こえなかった。早口言葉か、誰もが秘密にしておきたいが彼らを内から蝕んでいる暗号だったのだろう。

翌朝、朝食をとりながら、所持金が尽きていることに気づいて呆然とした。アロマンシュからル・アメルまでは距離にして三、四キロだったので、歩くことにした。この辺りの砂浜に、第二次世界大戦中、イギリス兵が上陸したんだ、と彼は景気づけようとして言った。だが実際のところ気分は最悪で、三キロなら三十分で行けると考えていたが、ル・アメルまでは一時間以上もかかった。道中、それまでに使った金を計算し始め、ヨーロッパに着いたとき持っていた額、パリに着いたとき残っていた額、食事にかかった額、シモーヌと使った額――これは相当だな、と彼は憂鬱になりながら思った――、リケルメとはこれくらい、タクシーにはそれくらい（ぼったくられてばかりだ！）、気づかないうちに盗まれた可能性がどれくらいあるだろうかと考えた。自分の知らぬ間に盗むことのできた犯人となると、スペイン人記者とリケルメしかいない、と彼は思い切った結論を下した。多くの人が命を落としたその風景のなかで考えてみると、その考えは突飛とは思えなかった。

彼はモリーニのホテルを砂浜から見つめた。彼以外の誰かなら、ここまで執着しなかっただろう。彼以外の誰かなら、ホテルの周りをうろついたりすることは、自分の馬鹿さ加減を、ルーセロットがパリ風と呼ぶ愚かさ、あるいは映画的、ひいては文学的とも言える愚かさを認めることであったはずだが、ルーセロットにとって、この文学的という言葉は、往年の輝きをそのままに保っていて、あるいは控えめに見ても、輝きがすべて失われたわけではなかった。彼以外の誰かなら、朝のその時間にはアルゼンチン大使館に電話をかけ、ホテル代を融通してもらえないかと、もっともらしい言い訳をでっち上げていただろう。しかしルーセロットは電話にかじりついている代わりに、ホテルの呼び鈴を鳴らした。年老いた女が二階の窓から顔を出し、何の用かと尋ねる声がしたとき、彼は驚かなかった。女のほうも、「息子さんに会いたいのですが」という彼の返事に驚かなかった。その後、年老いた女は姿を消し、ルーセロットは永遠とも思えるほど長いあいだ、戸口で待っていた。

ときどき、熱がないかどうか確かめるために額に手を当てたり、脈を測ったりした。ようやくドアが開いたとき、どちらかというと浅黒く、げっそりと痩せた、目の下に大きな隈のある顔が見えた。ルーセロットは、ふしだらな生活をしている男の表情だと思った。どこか見覚えがあるような気もする。モリーニは彼をなかに通した。私の両親は、とモリーニは言った。このホテルで三十年以上前から管理人をやっているんですよ。二人はロビーのソファに座った。ソファは、ホテルの頭文字をあしらった大きなシーツで覆われ、埃から守られていた。壁のひとつには、ル・アメルの砂浜を背景に、一九一〇年ごろに流行した水着姿の海水浴客を描いた油彩画が掛かっていた。向かいの壁には、著名な顧客（だと彼は思った）の肖像画のコレクションが並び、もやの漂うところから彼らを見つめていた。寒気がした。アルバロ・ルーセロットと言います、と彼は言った。『孤独』の、つまり『パンパの夜』の作者です。

モリーニが反応するまでに何秒かかかった。だが分かった瞬間、いきなり立ち上がると恐怖の叫びを上げてホテルの廊下に消えていった。これほどの反応を引き起こすとは予想外だったので、ルーセロットは座ったまま煙草に火をつけ（灰は絨毯に落ちていった）、シモーヌのことを、シモーヌの息子のことを、これまで食べたことのないほど美味しいクロワッサンを出すパリのカフェのことを思い出し、憂鬱を覚えた。そのあと立ち上がると、モリーニの名を呼び始めた。ギィ、とおそるおそる呼びかけた。ギィ、ギィ、ギィ。

モリーニは、ホテルの掃除用具が詰め込まれている屋根裏部屋にいた。窓を開け放ち、ホテルを取り囲む庭園と、黒い格子越しに部分的に見えている民家の庭に見とれているようだった。ルーセロットは近づいて背中を軽く叩いた。そのときのモリーニは先ほどよりもひときわ華奢で、背も低く見えた。少しのあいだ、二人は黙って二つの庭を交互に見つめていた。その後、ルーセロットはパリのホテルの住所と、今泊まっているホテルの住所を紙に書いて、映画監督のズボンのポケットに滑り込ませた。自分のしていることは非難されてしかるべきだ、非難されてしかるべき行為をしている、と彼は思ったが、その後、アロマンシュまで歩いて戻りながら、パリで自分がしてきたことはすべて、態度も行為も何もかも非難されてしかるべきであり、無駄であり無意味であり、馬鹿げているとさえ思った。死んだほうがいい、と海沿いを歩きながら彼は思った。

アロマンシュに戻り、所持金がないのを確かめるとすぐに、理性の備わった人間であれば誰でもしたはずのことをした。シモーヌに電話をかけ、状況を説明し、金を貸してほしいと頼んだのだ。するとシモーヌが唐突に、ぽん引きはいないのと言うので、ルーセロットは、借金を申し込んでいるのだと、利子を三〇パーセントつけて返すつもりだと答えたが、その後二人は笑い出し、シモーヌは、何もせずに、ホテルから動かないで、車を貸してくれる友達が見つかり次第、二、三時間で迎えに行くからと言った。彼女は何度かあなた《シェリ》と言い、ルーセロットも返事をするとき同じ言葉を口にしたが、その言葉をこれほど甘く感じたことはなかった。ルーセロットはその日ずっと、自分が本当にアルゼンチン作家であるような気分で過ごしたが、そのことで言えば、ここ数日というかおそらくここ数年、自分個人についてばかりでなくアルゼンチン文学なるものが存在するのかについても疑いをもつようになっていたのだった。

二つのカトリック物語

I　天職

1　ぼくは十七歳で、ぼくの人生、つまりぼくの全人生は、来る日も来る日も絶え間ない震えだった。楽しいことは何もなく、胸に積もる不安を取り除いてくれるものもなかった。ぼくは聖ビセンテの殉教を描いた連作画にまぎれ込んだ脇役のように生きていた。バレーロ司教の助祭にして、三〇四年、総督ダシアーノに拷問を受けた聖ビセンテよ、ぼくを憐れみたまえ！　2　ぼくはときどきファニートと話したものだ。いや、ときどきではない。しょっちゅうだ。彼の家の肘掛け椅子に座って、映画について語り合った。ファニートはゲーリー・クーパーが好きだった。彼は言った。物腰、節制、高潔、勇敢さ。節制だって？　勇敢さだって？　彼の確信の陰に隠れているものを彼の顔に吐き出してやりたいところだったが、肘掛けに爪をめり込ませながら彼の目を盗んで唇を嚙み、そのうえ目を閉じて、彼の言わんとすることを考え込んでいるふりをしていた。でもぼくは考え込んでいたわけじゃない。その逆だ。聖ビセンテの殉教のイメージが、メリーゴーラウンドのようにぼくの頭のなかをよぎっていたのだ。3まず彼はXの形をした木の十字架に縛り付けられ、肉は鉤で引き裂かれ、手足は脱臼させられる。次いで、直火に載せた網の上で火あぶりにされる。次いで、床にガラスと陶器の破片が敷き詰められた地下牢に閉じ込められる。次いで、殉教者の死体は人気《ひとけ》のない場所に捨てられ、カラスによって獰猛な狼から守られる。次いで、首に石臼をくくりつけられ、ボートから海に投げ捨てられる。次いで、死体は波によって岸に打ち上げられ、一人の上流婦人とその他のキリスト教徒によって手厚く埋葬される。4ぼくはときどき目まいがした。吐き気だ。ファニートは、ぼくと一緒にいちばん最近見た映画の話をし、ぼくは頷いていたが、まるで肘掛け椅子がとても深い湖の底にあるかのように、自分が溺れていることに気がついた。ぼくは映画館のことを思い出し、入場券を買っている瞬間を思い出したが、湖の底の暗闇がすべて覆い尽くしてしまったかのように、ぼくの友達——たった一人の友達！——が思い出している場面を思い出すことはできなかった。口を開けば水を飲み込んでしまうだろう。呼吸をすれば水を飲み込んでしまうだろう。5部屋にはときどきファニートの母親が入ってきて、ぼくに個人的な質問をした。勉強はどんな具合か、どんな本を読んでいるのか、町外れに来ているサーカスは見に行ったか。ファニートの母親はいつも洒落た服を着て、ぼくたちと同じく映画中毒だった。6いつだったか、彼女が夢に出てきたことがある。彼女の寝室のドアを開けると、ベッドや化粧台やクローゼットの代わりにぼくが見たのは、床が赤煉瓦敷きのがらんとした部屋で、そこは長い廊下に、とても長い廊下につながる控えの間のような場所でしかなく、その廊下もまるで、山を貫いてフランスへ向かう高速道路のトンネルみたいだったが、この場合、トンネルは道路の上側ではなく、ぼくの親友の母の部屋のなかにあった。彼はぼくの親友だ、このことを、ぼくは絶えず思い出す必要がある。しかもそのトンネルは、普通の山のトンネルとは反対に、一月の後半あるいは二月の前半の沈黙のような、いつ破れてしまうかも分からない沈黙のなかで宙づりになっているように見えた。 7 不吉な夜の忌まわしい行ない。ぼくはファニートにそう唱えた。不吉な夜、忌まわしい行ない？ 夜が不吉だから行ないが忌まわしくなるのか、それとも行ないが忌まわしいから夜が不吉になるのか？ 何だいその質問は？ と、ぼくはほとんど泣き出しそうになって言った。君は頭がおかしいよ。君は何も分かってない、と窓越しに外を見つめながら言った。8 ファニートの父親は、背は低いものの外見は勇ましい。かつては軍人で、戦争で何度も負傷した。勲章のメダルはガラスケースに収められ、書斎の壁に掛かっている。親父は町に着いたとき、とファニートは言う。誰も知り合いがいなくて、恐れられるか妬まれるかのどっちかだった。数か月が過ぎて、おれのおふくろとここで出会ったのさ、とファニートは言う。二人は五年間付き合った。その後、親父はおふくろを教会の祭壇に連れていった。ぼくの叔母は、ときどきファニートの父親の話をする。叔母によれば、誠実な警察署長だったという。少なくともそういう話だった。どこかの女中が雇い主の家で盗みを働いたりすると、ファニートの父親はその女中を三日間閉じ込めて、パンのかけらひとつ与えなかった。四日目に彼が自ら尋問すると、女中はすぐに自分の罪を告白し、宝石類のある正確な場所と、それを盗んだ作男の名前を口にした。その後、警察は男を逮捕し、牢獄に入れ、ファニートの父親は女中を汽車に乗せて、もう戻ってこないようにと忠告した。9 警察署長のこういうやり方は、まるで彼のひときわ優れた知性の証だとでもいうかのように、村じゅうで称賛された。10ファニートの父親はここにやってきたころ、カジノの常連としか付き合いをもたなかった。ファニートの母親は十七歳で、家のどこかの隅に掛かっているいくつかの写真からすると、いま以上に混じりけのない金髪で、コラソン・デ・マリアという城塞の北部にある修道女の学校を卒業したところだった。ファニートの父親はきっと三十歳くらいだったはずだ。その彼もいまはもう引退しているが、毎日午後になるとカジノに出かけ、アニス酒入りのコーヒー《カラヒーリョ》かコニャックを引っかけ、たいていは常連とさいころ遊びをしている。かつての常連とは違う常連だが、彼に対する畏敬の念は変わらないので、かつての常連と同じようなものだ。ファニートの兄貴はマドリードに住んでいて、向こうでは有名な弁護士だ。ファニートの妹は結婚して、やはりマドリードに住んでいる。このおめでたいこの家に残っているのはおれだけだ、とファニートは言う。そしておれ！　おれなのさ！　11ぼくたちの町は日ごとに小さくなっている。ときどき、誰もが町を去ろうとしているような、誰もが部屋で荷造りしているような気になる。もしぼくが出ていくとしたら、スーツケースは持たないだろう。わずかな身の回りのものを入れた包みさえごめんだ。ときどき、両手に頭をうずめ、壁の隙間を駆け回る鼠の物音を聴く。聖ビセンテ、ぼくに力を与えたまえ。聖ビセンテ、ぼくに節制を与えたまえ。12あなたは聖人になりたいの？　二年前、ファニートの母親がぼくに言った。ええ、そうです。とてもいい考えね、でもすごくいい子にしてなきゃだめよ。あなた、いい子？　努力しています。一年前、ヘネラル・モラ通りを歩いているとき、ファニートの父親に声をかけられた。そのあと彼は立ち止まって、君はエンカルナシオンの甥かと尋ねた。ええ、そうです、とぼくは言った。君は司祭になりたいんだよな？　ぼくは微笑んで頷いた。13なぜ微笑んで頷く？　なぜ間抜けな微笑みを浮かべて許しを乞う？　なぜ阿呆みたいに微笑んで別のほうを見る？　14謙虚でありたいから。15そいつは結構だ、とファニートの父親は言った。素晴らしい。いっぱい勉強しなきゃならんだろう？　ぼくは微笑んで頷いた。それに、映画もあまり見に行けなくなるだろう？　はい、ぼくは映画にはあんまり行かないんです。16ぼくはファニートの父親のぴんと背筋を伸ばした姿が遠ざかっていくのを見つめていた。まるでつま先立ちで歩いているようだった。年とってはいるが、まだ頑健な男。彼がビドゥリエロス通りに続く階段を降りていくのが見え、身震いひとつせず、ためらう様子も見せずに、ショーウィンドウにはひとつも目をくれずに去っていくのが見えた。ファニートの母親は、その反対にいつもショーウィンドウを眺めていて、店に入ることもあり、外で彼女を待っていれば、ときどき笑い声も聞こえただろう。口を開けば水を飲み込んでしまうだろう。呼吸をすれば水を飲み込んでしまうだろう。生き続ければ水を飲み込んでしまい、ぼくの肺は永久に水であふれてしまうだろう。17で、お前はいったい何になるつもりだ？　とファニートはぼくに訊いた。何になると訊いてるの、それとも、何をすると訊いてるの？　とぼくは尋ねた。何になるって訊いたんだよ、この馬鹿。神の望むままに、とぼくは言った。神様はわたしたち一人一人をふさわしい場所に置いてくださるんだよ、とぼくの叔母は言った。わたしたちの先祖は善人だった。うちの家系に軍人はいないけど、司祭はいるよ。たとえば誰？　と、ぼくはうとうとしながら訊いた。叔母はうーんと唸って考え込んだ。ぼくは雪の降り積もった広場を眺め、市場に売り物を持ってきた農夫たちが雪かきをし、のろのろと屋台を設営するのを眺めていた。たとえば聖ビセンテだね、と叔母は思いついた。サラゴサの司教の助祭で、西暦三〇四年、と言ったって、三〇五年でも三〇六年でも三〇七年でも三〇三年だっていいけれど、彼は捕えられて、バレンシアに連れていかれて、総督のダシアーノに残酷な拷問を受けた挙げ句、死んだんだ。18どうして聖ビセンテは赤い衣を着ていると思う？　とぼくはファニートに尋ねた。分かんないよ。それはね、教会の殉教者は誰でも赤い衣を着るからなんだ、それと分かるようにね。この子は頭がいい、とスビエタ神父は言った。そこにいたのはぼくたちだけで、スビエタ神父の執務室は底冷えがして、スビエタ神父から、というかスビエタ神父のまとう服から、黒煙草と酸っぱい牛乳の混じり合った臭いが漂っていた。神学校に入ることを決心したなら、われわれは歓迎するよ。天職とは、天職の呼び声とは身震いがするものなのだが、大げさに言うのはやめておこう。ぼくは震えただろうか？　大地が揺れるのを感じただろうか？　神との合一のもたらす目まいを味わっただろうか？　19大げさに言うのはやめよう、大げさに言うのはやめよう。アカはみんな同じ服装だ、とファニートは言った。アカはカーキ色の服を着ている、とぼくは言った。緑色の服で、迷彩柄の帯をつけている。違う、とファニートは言った。オカマのアカは赤い服を着てるぞ。売春婦もな。ぼくの関心をかき立てる話題だった。売春婦だって？　どこの売春婦？　だからここの売春婦だよ、とファニートは言った。それにマドリードの売春婦もそうだと思う。ここだって？　ぼくたちの町？　そういうこと、とファニートは言い、話題を変えようとした。ぼくたちの町、いや村か、それとも神に見放されたぼくたちのこの土地に、売春婦がいるの？　もちろん、とファニートは言った。君の父さんが全員更生させたと思ってた。更生させる？　お前はおれの親父が司祭だとでも思ってるのか？　おれの親父は戦争の英雄で、そのあと警察署長になった。おれの親父は何かを更生させたりしない。調べて解決する。それだけさ。で、君はどこで売春婦を見たんだ？　モーロの丘さ、売春婦たちはずっとそこに住んでる、とファニートは言った。やれやれ。20 叔母さんが言うには聖ビセンテは。お前の叔母さんと聖ビセンテにはもううんざりだ、お前の叔母さんは頭がイカレてるんだよ。お前の一族が西暦三〇〇年まで家系をさかのぼることができるなんてことあるか？　そんなに古くから続く家系を見たことがあるか？　アルバの家だってそこまでじゃないぜ。そしてしばらくしてこう言った。お前の叔母さんは悪い人間じゃない、その逆だ、善人なのさ。でも頭の具合がよろしくない。今日の午後、映画に行くか？　クラーク・ゲーブルの映画をやってる。するとファニートの母が言った。行っておいで、わたしは二日前に見たけど、とても面白かったわ。するとファニートが言った。母さん、でもこいつは金がないんだ。するとファニートの母が言う。だったらあんたが貸してあげなさい、それで決まり。21 神よ、ぼくの魂を憐れみたまえ。ぼくはときどき、みんな死んでしまえばいいと思う。ぼくの友達も、彼の母親も父親も、ぼくの叔母も、近所の人たちも、通行人も、川沿いに車を停めておく運転手も、川沿いの公園を駆け回る、哀れで無垢な子供たちも。神よ、ぼくの魂を憐れみたまえ、そしてぼくをよりよい存在に変えたまえ。あるいはぼくを破滅させたまえ。22 それに、もしみんなが死んでしまったら、ぼくは無数の死体をどうすればいいのだろう？　ぼくはこの町で、というか町みたいなところで、どうやって生き続けたらいいのだろう？　ぼくがみんなを埋葬することになるのだろうか？　みんなの死体を川に捨てるのだろうか？　死体が腐敗するまでに、腐敗臭が耐えがたくなるまでに、どのくらいの時間があるのだろうか？　ああ、雪だ。23 雪がぼくたちの町の通りを覆い尽くしていた。映画館に入る前に、ぼくたちは焼き栗と砂糖衣をかけたアーモンドを買った。ぼくたちは二人ともマフラーを鼻のあたりまで巻きつけて、ファニートは笑いながらアジアにあったオランダの旧植民地での冒険の話をしていた。衛生上の理由で、栗を持ち込むことは禁じられていたが、ファニートは通してもらえた。この役はゲーリー・クーパーが演じたほうがよかった、とファニートは言った。アジア。中国人。ハンセン病療養所。蚊。24映画館を出ると、ぼくたちはクチージョス通りで別れた。ぼくは雪の降るなか立ち尽くし、ファニートは家に向かって駆け出した。哀れな子、とぼくは思ったが、ファニートはぼくより一歳年下だったにすぎない。彼の姿が見えなくなると、トネレーロス通りをソルド広場まで歩き、それから道を曲がり、古い要塞の城壁沿いにモーロの丘のほうへ向かった。街灯の明かりが雪に照り返され、古い家々のファサードが、はかなくも自然に、いわば静謐に、過去の虚飾をそこに集めているように見えた。ぼくは白く塗られた壁にある窓からなかを覗き、イエスの聖心が壁に飾られた、こざっぱりとした部屋を見た。でもぼくは目が見えず、耳も聞こえず、影になっている通りを誰にも気づかれないように登り続けた。カダルソ広場に着いて初めて、登っているあいだ、誰ともすれ違わなかったことに気がついた。こんなに寒いと、とぼくは思った。家の温もりを通りの冷え込みと交換したい人はいないだろう。すでに辺りは暗くなっていて、広場からは、いくつかの地区の明かりと、ドン・ロドリゴ広場の向こうに架かる橋と、東のほうへ流れていく川のカーブが見えた。空には星が輝いていた。雪のかけらみたいだと思った。宙づりになった、つまり神に選ばれ、夜空で静止するままになった雪のかけら、でもいずれにしろ雪のかけらであることは間違いない。25ぼくはいまにも凍えそうだった。叔母の家に戻り、ホットチョコレートか熱いスープをストーブのそばで飲むことにした。疲れを感じ、頭がくらくらし始めた。ぼくはもと来た道を歩き始めた。そのとき彼を見たのだ。最初はただの影だった。26でもそれは影ではなく、修道士だった。着ている修道服から判断すると、フランシスコ会の修道士かもしれなかった。彼はずきんを被っていた。とても大きなずきんで、修道士の思慮深い顔をすっぽり覆っていた。なぜぼくは思慮深いと言ったのだろう？　彼が地面を見ていたからだ。27彼はどこから来たのか？　どこから出てきたのか？　分からない。きっと瀕死の人に終油の秘跡を施してきたのだろう。きっと病気の子供に付き添ってきたのだろう。きっと貧しい人にわずかな食糧を与えてきたのだろう。確かなことは、彼が物音ひとつ立てずに歩いていたということだ。一瞬、ぼくは幽霊だと思った。しかしすぐに、雪があらゆる足跡を、ぼくの足跡さえも、そっと消していることに気がついた。28彼は裸足だった。それに気づいたとき、光に射られたような痛みを感じた。ぼくたちはモーロの丘を降りていた。サンタ・バルバラ教会を通り過ぎたとき、彼が十字を切っているのが見えた。彼の汚れのない足跡が、神からのメッセージのように雪の上にきらめいていた。ぼくは泣き出した。できることなら喜んでひざまずき、あの澄みきった足跡、長いこと待ちこがれていたあの返事に接吻したいところだったが、彼をどこかの路地で見失ってしまうのが怖かったので、そうはしなかった。ぼくたちは中心街の外に出た。マヨール広場を横切り、橋を渡った。修道士は遅くもなく早くもないしっかりした足取りで、教会が歩むべき落ち着いた速度で歩いていった。29ぼくたちはプラタナスの植えられたサンフルホ大通りに入り、駅に着いた。駅のなかはかなり暑かった。修道士は手洗いに入り、そのあと鉄道の切符を買った。ところが手洗いから出てきたとき、彼が靴を履いているのに気がついた。踝は葦のように細かった。彼はプラットホームに出た。座り込み、頭を垂れ、祈りながら待つ姿が見えた。ぼくは寒さで震えながら、ホームの柱の影に隠れて立っていた。列車が到着すると、修道士は驚くほど敏捷に車両のひとつに飛び乗った。30駅を出るとぼくはひとり、雪の上に彼の足跡を、彼の裸足の足跡を探したが、もはや跡形もなくなっていた。

Ⅱ 偶然

1 おれはいくつだと思うかと尋ねた。彼は、そんな歳ではないと知りながら六十歳と答えた。そんなにひどく見えるか？ とおれは尋ねた。ひどいどころじゃない、と彼は言った。では君は、自分がもっとましだと思ってるのか？ とおれは言った。それに、君のほうがましなら、どうして震えてる？ 寒いのか？ 頭がおかしくなったのか？ それに、どうしておれに、場違いにもダミアン・バジェ署長の話を持ち出すんだ？ 彼はまだ署長なのか？ 彼は変わっていないのか？ 多少は変わったが、用心すべきクソ野郎であることに変わりない、と彼は言った。まだ署長なのか？ 今もそんなふうに振る舞っている、と彼は言った。引退していようが病院で死にかけていようが、あんたを痛めつけたければそうするだろう。どうして君は震えてる？ とおれは少し考えてから言った。寒いんだ、と彼は嘘をついた。それに歯が痛い。もうドン・ダミアンの話はやめてくれ、とおれは言った。おれがそのお巡りと友達だとでも？ おれがサッと付き合っているとでも？ 違う、と彼は言った。

だったら彼の話はもうやめてくれないか。2 彼は少しのあいだ考え込んでいた。何について考えていたのか、おれには分からない。そのあとパンのかけらをひとつくれた。固かったので、こんなご馳走を食べていたら歯が痛くなってもおかしくないとおれは言った。精神病院ではもっといいものを食べていた、とおれは言った。だがそれも言いすぎだ。ここから出ていけ、ビセンテ、と老人はおれに言った。あんたがここにいるのを誰か知ってるのか？　なら、めでたいことだ！　気づかれる前に出ていけ。誰にも挨拶するな。床から目を上げずに、できるだけ早く出ていけ。3 でもおれはすぐには出ていかなかった。老人の前でうずくまり、古きよき時代のことを考えようとした。頭のなかは真っ白だった。頭のなかで何かが燃えているような気がした。老人はおれのそばで毛布にくるまり、口のなかには何も入っていないのに何かを噛んでいるみたいに顎を動かした。おれは精神病院での日々のことを、注射を、ホースでの水かけを、夜、多くの患者を縛り付けていたロープを思い出した。滑車の装置によって立ち上がる、あのとても奇妙なベッドをふたたび見た。入院から五年経って、おれはようやくその用途が分かった。収容患者たちはアメリカ式ベッドと呼んでいた。4 横になって眠るのに慣れている人は、縦になった姿勢で眠ることができるだろうか？　できる。最初は難しい。だが、きちんと縛り付けられていればできる。アメリカ式ベッドはそうするための、横になっていても縦になっていても眠れるようにするためのものだった。その機能は、おれがそれを初めて見たとき考えたのとは違って、収容患者を罰するためのものではなく、患者が自分の吐瀉物を喉に詰まらせて死ぬのを防ぐためのものだった。5 もちろん、アメリカ式ベッドに話しかける収容患者もいた。彼らは敬語を使って話しかけていた。秘密を打ち明けていた。アメリカ式ベッドを怖がる患者もいた。そのベッドにウィンクされたと言う患者もいた。レイプされたと言う者もいた。ベッドにカマを掘られただと？　まったくどうしようもないなお前は！　噂では、アメリカ式ベッドたちは夜になると垂直になって廊下を歩き回って、みんなで集まって食堂に行き、英語で話しているそうで、その集まりにはあらゆるベッドが、患者のいないベッドも、患者のいるベッドも参加しているらしい。もちろんこういう話をするのは、何らかの理由でその集まりの夜にベッドに縛り付けられていた患者だった。6 それはともかく、精神病院での生活はとても静かだった。立ち入り禁止の場所から叫び声が聞こえることもあった。でもそこには誰も近づかず、ドアも開けず、鍵穴から覗くこともなかった。館は静かで、ほかの者と比べればましとはいえ、やはり頭のおかしくて外に出ることのできない二人の庭師が手入れしている庭も静かで、松林とポプラ並木の向こうに見える道路も静かで、おれたちの思考さえも、ぞっとする静けさのなかで流れていた。7 そこでの生活は、見方によっては気楽だった。ときどき、おれたちは自分自身を見つめてみて、自分たちは恵まれているのだと感じた。おれたちは頭がおかしく、無垢である。その感覚を鈍らせるものがひとつだけあるとすれば、期待、何かを期待することだった。でも大多数はもっとも弱い者を犯すか、あるいは犯されるかして、その期待を押し殺していた。自分はやったのか？　とおれたちは言っていた。自分は本当にやったのか？　その後、おれたちは微笑みを浮かべて別の話題に移った。医師たち、専門家たちは何も知らず、看護士や介助人は、おれたちが問題を起こさなければ、見て見ぬふりをした。おれたちは一度ならず自制心を失った。人間は動物なのだ！　8 そのことをおれはときどき考えた。おれの脳の中心に、その考えが具体的な形をとっていた。そのことについて考えに考え、ついに頭が真っ白になった。ときどき、最初はケーブルが混線しているような音が聞こえた。電気のケーブル、あるいは蛇。でもたいていは、時があの場面からおれを遠ざければ遠ざけるほど、頭が真っ白になった。音もなく、イメージもなく、言葉もなく、言葉の防波堤もなく。9 ともかく、おれは自分が他人より賢いと思ったことがない。自分の知性をひけらかしたこともない。もし学校に行っていたら、いまごろ弁護士か裁判官になっていただろう。あるいは精神病院のアメリカ式ベッドよりも性能のいいアメリカ式ベッドを発明していたはずだ！　おれには言葉がある。それは謹んで認める。ひけらかしたりはしない。言葉を持っているのと同様、沈黙も持っている。お前は猫のように静かだ、と、老人は、彼がすでに年老いていて、おれがまだ小僧だったときに言った。10 おれはここで生まれたのではない。老人によれば、おれはサラゴサで生まれ、おふくろは、経済的理由でこの町にやってきて住みついた。おれにとってはどの町でも同じことだ。この町で、もし貧乏でさえなければ勉強できただろう。そんなことはかまわない！　読み方を習った。十分だ！　この話はもうやめたほうがいい。ここで結婚することだってできただろう。名前は思い出せないが、女がみんなそうであるように名前を持っている女の子と知り合った。いつかその子と結婚することだってできただろう。その後、おれよりも年上で、アンダルシアかムルシアか、南部の出身の、おれと同じようによそから来た女の子、いつも機嫌の悪い雌豚と知り合った。彼女とも家族を持ち、家庭を築けたかもしれないが、おれには別の運命があり、彼女もそうだった。11 町にいると、おれはときどき窒息しそうだった。小さすぎる町。まるでクロスワードパズルのなかに閉じ込められているような気がした。12 そのころ、おれはいよいよ教会の扉の前で物乞いを始めた。朝の十時には着き、大聖堂の階段に陣取るか、ホセ・アントニオ通りのサン・ヘレミアス教会か、サラマンカ通りにあるお気に入りのサンタ・バルバラ教会に向かった。サンタ・バルバラ教会の階段に陣取るときは、一日の仕事を始める前に十時のミサに入り、全身全霊で祈りを捧げることもあったくらいだ。そうやって祈るのは、まるで沈黙のなかで笑うこと、生きる喜びを味わいながら笑い、笑うことのようで、祈れば祈るほど笑いが止まらなくなり、そんなふうにしておれの本性は神なるものに貫かれた。そして、その笑いは不敬でも不信でもなく、その逆で、自らの創造者を前にして震える羊のけたたましい笑いだった。13その後、おれは告解し、自分の不幸と逆境を語り、その後聖体を受け、最後に、階段のところに戻る前に、聖バルバラ像の前で何秒か立ち止まった。なぜ聖バルバラ像はクジャクと塔と一緒に描かれているのだろう？　クジャクと塔。どういう意味なのだろう？　14ある午後、司祭にそれを尋ねた。どうしてそんなことに興味があるのか？　と彼は訊き返した。分かりません、神父様、好奇心がわいたんです、と答えた。好奇心というものは悪い習慣だと知っているか？　と司祭は言った。知っています、神父様、でもおれの好奇心は健全です、おれはいつも聖バルバラに祈りを捧げています。善い行ないだ、と司祭は言った。聖バルバラは貧者を助けてくださる、祈り続けるがよい。でもおれはクジャクと塔のことが知りたいんです、とおれは言った。クジャクは不死を象徴している、と司祭は言った。塔には窓が三つあるのに気づいたか？　塔に窓があるのは、聖女の言葉を表わすためだ。聖女は、光は彼女のなかに射し込む、あるいは、光は父と子と聖霊の窓を通じて彼女の家を明るく照らすと言ったのだ。分かるかね？　15おれには学がありません、神父様、でも良識ならあるし、物事を見分けることはできます、とおれは答えた。16その後おれは自分の場所、自分の持ち場に向かい、教会が扉を閉じるまで物乞いをした。手のひらにはいつもコインを一枚載せていた。他の小銭はポケットのなかにしまった。他の人々がパンやソーセージとチーズのかけらを食べているのが目に入ったが、空腹に耐えた。おれは考えていた。おれは階段から動かずに、考え、学んでいた。17 そうしておれは、聖バルバラの父にして、権勢を振るったディオスクルスという男が、求婚者たちにつきまとわれていた彼女を塔に閉じ込めさせたこと、すなわち彼女を監禁したことを知った。そして聖バルバラが塔に入れられる前に、ため池か灌漑水路か農夫が雨水を蓄えた貯水槽の水で自らに洗礼を施したことを知った。そして彼女が塔から、光の射す窓が三つある塔から逃げ出したが捕えられ、裁判人のもとに連れていかれたことを知った。裁判人は彼女を死刑に処した。18 司祭の教訓は、何もかも冷たい。冷たいスープ。冷たい茶。厳しい冬に体を暖めてくれない毛布。19 出ていけ、ビセンテ、と老人は口をもぐもぐ動かしながらおれに言った。まるでヒマワリの種でも食べているみたいだった。見つかりにくい格好に着替えて、署長に見つかる前に出ていけ。20 おれはポケットに手を入れ、なかで小銭を数えた。雪が降り始めていた。老人に別れを告げ、通りに出た。21 おれはあてどなく歩いた。行くあてもなく。コロナ通りからサンタ・バルバラ教会を眺めた。少しのあいだ祈りを捧げた。聖バルバラ、おれを憐れみたまえ、とおれは言った。左腕がしびれていた。空腹だった。死にたかった。でもこれっきりというのではなかった。たぶん眠りたかっただけだ。歯がかちかちと音を立てた。聖バルバラ、あなたのしもべに憐れみを。22 聖バルバラが斬首されたとき、つまり首をはねられたとき、執行人たちは雷光に打たれた。彼女に死刑を宣告した裁判人は？　彼女を閉じ込めた父は？　雷光は落ちたが、その前に雷鳴が聞こえた。あるいはその逆。素晴らしい。わが神、わが神、わが神よ。23 おれはそれ以上近づかなかった。教会を遠くから眺めることで満足し、かつては安く食わせてくれたバルに向かって歩き始めた。バルは見つからなかった。パン屋に入り、棒パンを一本買った。その後、土塀を飛び越え、人にじろじろ見られないように隠れて食べた。土塀を飛び越えたり、見捨てられた庭や廃屋に入り込んでものを食べることが、そうした行為をする者自身の身の安全のために禁じられているのは分かっている。梁が上から落ちてくるかも分からんぞ、とダミアン・バジェ署長はおれに言った。それに私有地だからな。荒れ果てて、蜘蛛や鼠もうようよしているが、この世が終わるまでずっと私有地のままだ。上から梁が落ちてきて、そのおめでたい頭をかち割られるぞ、とダミアン・バジェ署長はおれに言った。24おれは食べ終えると、土塀を飛び越えて、もう一度通りに出た。たちまち悲しくなった。雪のせいなのか何なのかは分からない。最近、食べると悲しい気持ちになるのだ。食べているときは悲しくないのに、食べ終わって、煉瓦の上に座り、見捨てられた庭に雪のかけらが落ちてくるのを眺めていると、分からなくなる。苦しみ、苦痛。そこでおれは脚をぽんと叩いて歩き始めた。通りは人気《ひとけ》がなくなりつつあった。しばらくのあいだショーウィンドウを眺めていた。でも嘘だった。ショーケースに、大きなガラス窓に映る自分の姿を探していたのだ。その後大きなガラス窓はなくなり、あるのは階段だけになった。おれはうつむいて登った。それからある通りに出た。それからコンセプシオンの教区教会。それからサン・ベルナルド教会。それから城壁と、もっと向こうには要塞が見えた。人っ子ひとりいなかった。おれはモーロの丘にいた。老人の言葉を思い出した。行け、行け、もう二度と捕まるんじゃないぞ、恥知らずめ。おれがしたあらゆる悪事。聖バルバラ、おれを憐れみたまえ、汝の哀れな息子を憐れみたまえ。そのあたりの路地のどこかにある女が住んでいるのを思い出した。訪ねてみよう、スープを一皿と、もういらなくなった古いセーター、列車の切符を買うのに必要な金を恵んでもらおうと決めた。その女の家はどこだったか？　おれはどんどん狭い路地に入り込んでいった。大きな門を見つけ、ノックした。返事はなかった。門を開け、中庭に入った。誰かが洗濯物を取り込むのを忘れて、黄ばんだ服の上に雪が降り積もっていた。シャツと下着のあいだをかきわけて進み、拳のような形の銅製のノッカーがついた扉までたどり着いた。ノッカーを撫でたが叩かなかった。扉を押した。外は急に暗くなり始めていた。頭のなかは真っ白だった。雪片がきらめいていた。おれは進んだ。その廊下は記憶になかった。女の名前も覚えていなかった。だらしのない女だったが善人で、心を痛めながらも悪事を働いていた。おれはその暗闇を、窓のないその塔を覚えていなかった。だがそのときドアを見つけ、なかに忍び込んだ。そこは、天井まで袋が積み上げられた穀物倉庫のようなところだった。隅にベッドがあった。ベッドに子供が横たわっていた。裸で震えていた。おれはポケットからナイフを取り出した。テーブルに修道士が座っているのが見えた。顔はずきんで隠れていた。うつむいた姿勢で、祈禱書を読みふけっていた。なぜ子供は裸なのだろう？　その部屋には毛布一枚ないということか？　なぜ修道士はひざまずいて許しを乞う代わりに祈禱書を読んでいるのか？　すべてはある瞬間からおかしくなっていく。修道士はおれを見て何か言い、おれは答えた。おれに近づくな、とおれは言った。そして、彼にナイフを突き刺した。彼が動かなくなるまで、おれたちは二人とも苦悶にうめいていた。でもおれは念のためもう一度刺した。その後、子供を殺した。できるかぎり素早く！　その後おれはベッドに座り、しばらく震えていた。もういい。行かなくては。服は血で汚れていた。修道士のポケットを探ると、金があった。テーブルの上にはサツマイモがいくつかあった。ひとつ平らげた。甘くてうまい。サツマイモを食べながら、戸棚を開けた。玉ねぎとジャガイモの袋。だがハンガーには清潔な修道衣が掛かっていた。おれは服を脱いだ。なんという寒さ。罪の証拠を残さないようポケットをひとつひとつ調べたあと、自分の服を、靴と一緒に袋に入れ、腰のところで結んだ。ざまあみろ、ダミアン・バジェ。その瞬間、部屋じゅうに自分の足跡を残していることに気づいた。足の裏は血だらけだった。少しのあいだ、移動しながら足の裏を注意深く調べた。おかしくて笑い出したくなった。ダンスの足跡だった。聖ビトゥスの足跡。どこにも向かわない足跡。でもおれはどこに向かうべきか分かっていた。25雪のほかは、何もかもが暗かった。おれはモーロの丘を下り始めた。26裸足で寒かった。おれの足は雪に埋もれ、一歩進むごとに、血がおれの皮膚からとれていった。何メートルか行くと、誰かがおれをつけているのに気がついた。警察？　どうでもよかった。連中は地上を支配しているが、おれはその瞬間、きらめく雪の上を歩きながら、ボスは自分だと分かっていた。27モーロの丘をあとにすると、丘の下はもっと雪が積もっていた。おれは橋を渡り、うつむきながら、横目で騎馬像の影に目をやった。追跡者はでぶで不細工な若者だった。おれは誰か？　まったくどうでもよかった。28おれは目に入るものすべてに別れを告げた。胸にこたえた。体を暖めようと歩を速めた。橋を渡りながら、タイムトンネルを抜けているような気がした。29その若者を殺してもよかった。路地までついてこさせ、おとなしくなるまで刺してやってもよかった。でも何のために？　どうせモーロの丘の売春婦の息子に違いないし、やつが何かばらすはずがない。30駅の手洗いで古い靴を洗い、水で血の跡を消した。足は感覚がなかった。目を覚ませ。その後、次の列車の切符を買った。どれでもいい、行き先は気にもならなかった。

文学＋病気＝病気

わが友にして肝臓専門医のビクトル・バルガス先生に

病気と講演

講演者が遠回しに話すからといって、驚いてはいけない。次のような例を想像しよう。講演者は病気について話すことになっている。劇場は十人の聴衆で埋まっている。聴衆には、間違いなく、もっとましなことに向けられるべき期待がある。講演は夜の七時か夜の八時に始まる。聴衆は誰も夕食をすませていない。七時（あるいは八時、あるいは九時）になると、全員が着席して、携帯電話も電源が切ってある。これほど行儀のよい人たちの前で話すのは気持ちがよい。しかし講演者は姿を見せず、しまいに主催者の一人が、講演者はぎりぎりになって重い病気に罹り、来られなくなったと告げる。

病気と解放

病気について書くことは、とりわけ書く当人が重い病気に罹っているときには拷問にもなりうる。重い病気というだけでなく、心気症にも罹っている場合、病気について書くことは、マゾヒズムの、あるいは絶望の行為である。だが、解放《リベラドール》の行為でもあるかもしれない。何分かのあいだ、病気の好きにさせてやることは、誘惑、悪魔的な誘惑、いずれにせよ誘惑である。外来専門病院の待合室でよく見かける老婆たちが、自分の人生における政治やセックスや仕事の話をする代わりに、自分の人生における病床の、あるいは医療の、あるいは投薬の話をするのに夢中になるようなものだ。彼女たちは、言ってみれば善悪の彼岸にいて、すっかりニーチェが分かったような顔で、ニーチェだけでなく、カントとヘーゲルとシェリングも分かり、オルテガ・イ・ガセーは言うまでもない。オルテガの姉妹どころか親友同士といったふうなのだ。実際、親友どころか、オルテガ・イ・ガセーのクローンのようにも見える。あまりにも似ているので、ときどきぼくは（絶望の極限状態におかれていると）、病院の待合室には、観察者の見方、とりわけ感じ方次第だが、オルテガ・イ・ガセーの楽園か地獄があると思うほどだ。何千人にも増殖したオルテガ・イ・ガセーがぼくたちの人生とその環境を生きている楽園。だが、解放《リベルター》からあまり遠ざからないようにしよう。実際、ぼくはむしろ、ある種の解放《リベラシオン》のことを考えていた。下手くそに書くこと、下手くそに話すこと、爬虫類の晩餐会の最中に地殻変動について論じること。どれほど解放的《リベラドール》で、どれほどぼくがそれにふさわしいことか。他人の同情を買おうとわが身を差し出し、そのあと好きなだけ侮辱すること、しゃべりながら唾を吐くこと、気まぐれにいなくなること、ぼくにはもったいない友人たちの悪夢になること、ニカノール・パラの見事でかつ謎めいた詩が言うように、牛の乳を絞り、その乳を牛の頭に注ぐこと。

病気と身長

だがそろそろ本題《グラーノ》に入るとしよう。あるいは、風のせいか偶然の仕業か、空っぽの大きなテーブルの真ん中にぽつんと残されたあの種子《グラーノ》に、せめてひとときでも近づくことにしよう。つい先ごろ、主治医であるビクトル・バルガス先生の診察室を出ると、一人の女性が、順番を待つ患者に紛れてドアの近くでぼくを待っていた。この女性は小柄だった。つまり身長が低かった。彼女の頭はぼくの胸の高さ、つまり乳首よりほんの数センチ上にやっと届く程度で、しかもすぐに気づいたのだが、驚くほど高いハイヒールを履いていた。言うまでもなく、診察結果は悪かった。ひどい結果だった。ぼくの主治医は悪い知らせしか持ち合わせていなかった。ぼくの気分は、よく分からないが、こういうときによくあるような、いわゆる目まいというのとはちょっと違った。むしろ、まるで目まいを起こしているのは周りの人間のほうで、ぼくだけがひとり、一種の平静というか、ある程度直立した姿勢を保っているような感じだった。ぼくの印象では、周囲のみんなが這いつくばり、というかいわゆる四つん這いになっていて、いっぽうぼくのほうは立っている、あるいは足を組んで座っているような感じで、それは実際のところ、立っていたり歩いていたり直立姿勢を保っているのと同じことだった。いずれにせよ、気分がよかったとも言いがたい。というのは、他人が這いずっているあいだに立っていることと、自分の周りの誰も彼もが突然這いずり出すのを、ほかにいい表現がないので優しさ、あるいは好奇心、あるいは病的な好奇心とでも呼びうる何がしかの感情を抱いて眺めることは別のことだからだ。優しさ、憂い、懐かしさ、恋に落ちたどちらかと言うときざな男にはお似合いだが、バルセロナの病院の外来病棟で味わうにはふさわしくない感情。もちろん、その病院が精神病院であれば、ぼくはそのような幻覚にもまったく動じなかっただろう。というのも、ぼくはごく若いころから、郷に入っては郷に従えという諺に慣れていたからで——といってそのとおりに行動したためしはないのだが——、精神病院でせいぜいできることといえば、しかるべく沈黙を守ることを別にすれば、這いずること、あるいは不幸な仲間たちが這いずるのを眺めることだ。でもぼくは精神病院ではなく、バルセロナで最良の公立病院のひとつにいた。五回か六回は入院したことがあったのでその病院のことはよく知っていたし、それまで這いずる人など見たこともなかったが、とはいえ、カナリアのように黄色くなった病人を見たことはあり、突然呼吸を止める人、つまり死んでいく人を見たことはあり、そういった出来事はその場所では珍しくなかった。しかし誰かが這いずっているのはいまだかつて見たためしがなく、それゆえぼくは、医者の言葉が当初思った以上に深刻だったのだと、あるいは同じことだが、ぼくの健康状態が明らかに悪いのだろうと考えた。診察室を出て、みんなが這いずっているのを見たとき、ぼく自身の健康状態についてのこの印象は強まり、恐怖に押し倒され、ぼくも床を言いずり出すところだった。そうしなかった理由は背の低い女がいたからで、彼女はそのときぼくのほうに近づいてくると、X医師だと名乗り、その後、ぼくの主治医、わが親愛なるバルガス先生の名を口にした。ぼくと先生との付き合いは、億万長者のギリシャの海運王が妻と築いているタイプの関係、つまり妻を愛してはいるができるだけ顔を合わせない夫のようなものだ。そしてX医師は、ぼくの病気について、あるいはぼくの病気の進行についてはよく知っていると付け加え、彼女が進めている研究にぼくを加えたいのだと言った。ぼくはその研究とはどんなものかと礼儀正しく尋ねた。彼女の返事は曖昧だった。彼女は、ほんの三十分ぐらい時間を割いてもらえればいい、用意したいくつかのテストを受けてほしいと説明した。なぜだか分からないが、ぼくは最後に分かりましたと言い、すると彼女は外来病棟を出て、かなり大きなエレベーターまでぼくを案内した。そのエレベーターのなかにはストレッチャーがあった。もちろん誰も乗っていなかったが、運ぶ者もいなかった。そのエレベーターと、それに乗って昇降するストレッチャーという組み合わせは、まるですらりとした女が、ずんぐりした恋人と一緒に――あるいは彼女のなかに入って――いるかのようだった。というのも、そのエレベーターは本当に巨大で、ストレッチャーが一台どころではなく二台と、さらに車椅子が一台、それぞれ人が乗った状態で入りそうなほどだったからだ。だが、何よりも奇妙だったのは、背の低い女医とぼく以外にエレベーターには誰も乗っていなかったことで、ちょうどそのとき、普段よりも冷静だったからなのか興奮していたからなのか分からないが、その背の低い女医がなかなかいい女であることに気がついた。このことを発見するやいなや、ベッドはあるのだから、エレベーターのなかでセックスしようと提案したらどうなるだろうかと自問した。そのときぼくは、よりにもよって、尼僧の格好をしたスーザン・サランドンがショーン・ペンに、死が数日後に迫っているのにどうしてセックスのことなど考えられるのかと尋ねる場面を思い出した。もちろん、スーザン・サランドンは咎めるような口調だった。タイトルは覚えていないがいい映画で、たしか監督はティム・ロビンスだった。彼はいい役者だし、たぶんいい監督なのだろうが、死の回廊にいた経験はない。セックスは死にゆく人間が唯一望むことだ。セックスは牢獄と病院にいる者が唯一望むことだ。性的不能者が唯一望むことはセックスだ。去勢された者が唯一望むことはセックスだ。重傷を負った者、自殺志願者、救いようのないハイデガーの追従者たちもそうだ。二十世紀のもっとも偉大な哲学者ウィトゲンシュタインでさえも、唯一望んでいたのはセックスだ。死者でさえも、ぼくはどこかで読んだことがあるが、唯一望むことはセックスだ。認めるのは悲しいけれど、それが現実なのだ。

病気とディオニュソス

真実のなかの真実、紛うことなき真実ではあるが、それを認めるのはとてもつらい。あの精液の噴出、ぼくたちの想像上の地理を覆うあの積雲と巻雲は、どんな人をも悲しませることになる。セックスする力のないときにセックスすることは美しく、英雄的でさえあるかもしれない。その後、悪夢に変わるかもしれない。しかしながらぼくたちは認めざるをえない。たとえばメキシコの監獄を考えてほしい。男がひとり入所したとする。美男とは言えず、小太りで、脂ぎっていて、腹は出ていて、やぶ睨みで、そのうえ悪党で、ひどい体臭だ。この男の影が、腹立たしいほどのんびりと、監獄の壁の上や監獄のなかの通路を這い、彼は入所してまもなく、やはり醜いがもっと強い男の愛人になる。長く続く愛、前進しては停滞するという愛ではなかった。ゲーテが解したような親和力はなかった。それは一目惚れの恋、お望みとあらば原始的な愛と言ってもいいが、その目的は、多くの普通の恋人たち、あるいは普通に見える恋人たちが求めるものとさして変わらない。二人は恋人だ。彼らの求愛、彼らのエクスタシーはレントゲン写真のようだ。二人は毎晩交わる。ときに殴り合う。またときには、まるで友人同士のように自分の人生を相手に語って聞かせるが、本当は友人ではなくて愛人同士である。それればかりでなく、日曜日には二人ともそれぞれ、彼らと同じように醜い妻との面会がある。明らかに二人とも、ぼくたちが同性愛者と呼ぶような人間ではない。もし誰かが二人に面と向かってそう言えば、おそらく彼らは激高し、侮辱されたと感じ、侮辱した相手を犯したあとで殺してしまうだろう。そういうものだ。ドーデによれば、ヴィクトル・ユーゴーはオレンジを丸ごと一口で食べることができ、ドーデに言わせると、それはこのうえない健康の証明だが、ぼくの妻に言わせると豚のような振る舞いだそうなのだが、その彼は『レ・ミゼラブル』のなかに、卑しい人々、残忍な人々は、卑しい幸福、残忍な幸福を感じる能力があると書き残している。ぼくの記憶が正しければ、というのも、『レ・ミゼラブル』はもうはるか昔にメキシコで読んだ本で、二度と戻らないつもりでメキシコを去るときに置いてきて、この先買い直したり読み返したりするつもりもないからなのだが、映画の原作になるような本を読んだりする必要はないし、まして読み返す必要などまったくない。それに『レ・ミゼラブル』はミュージカルにまでなっているはずだ。ユーゴーが言ったように、残忍な幸福を味わう残忍な人々は、まだ幼いコゼットに庇護を与えるあの悪党どもであり、彼らは悪と、そこそこのプチブルあるいはプチブルになりたいと願う人々の卑しさを完璧に体現している。それればかりか、時間の経過や進歩とともに歴史のこの時点に至っては、今日ぼくたちが中流階級と呼ぶもの、左翼あるいは右翼、教養のある人あるいは文盲、盗人あるいは見かけは誠実そうな人、健康な人々、健康に気を配っている人々、刑務所に閉じ込められて愛の生活を送る二人のメキシコ人の殺し屋とまさに同類の（きっとそれほど暴力的ではなく、勇敢でもなく、もっと分別があり、もっと謙虚な）人々から成る中流階級をそっくり体現している。ディオニュソスがあらゆるところに侵入している。教会に、NGOに、政府に、王宮に、会社に、スラム街にいる。すべての罪はディオニュソスにある。ディオニュソスは勝利者だ。彼の敵、あるいは彼の片割れは、アポロンですらなく、気取り屋氏か上品夫人、あるいは偉ぶり屋氏、あるいは孤独なニューロン夫人、爆発かどうかが疑わしい音が最初に一発聞こえただけで敵方に回ろうとするボディガードたちなのだ。

病気とアポロン

では、いったいオカマのアポロンはどこにいる？　アポロンは病気だ、重病なのだ。

病気とフランス詩

フランス人がよく知っているように、フランス詩は十九世紀の詩の頂点であり、ある意味でそのページと詩行には、二十世紀ヨーロッパとわれらが西洋文化が直面することになった、いまも未解決の大きな問題の数々が予見されている。革命、死、倦怠、逃避がそのテーマだろう。その偉大な詩はひと握りの詩人によって書かれ、出発点はラマルティーヌでもユーゴーでもネルヴァルでもなく、ボードレールだ。ボードレールとともに始まり、ロートレアモンとランボーとともに緊張の極限に達し、マラルメとともに終わりを迎えたと言っておこう。もちろん、ほかにもコルビエールやヴェルレーヌといった優れた詩人がいるし、ラフォルグやカチュール・マンデスやシャルル・クロといった軽視できない詩人がいる。そのうえ決して無視できない詩人、バンヴィルがいる。だが実際、ボードレール、ロートレアモン、ランボー、そしてマラルメがいればもう十分だ。それでは最後から始めよう。つまり、このなかでもっとも若いのではなく、最後に死んだ詩人から、ということだが、マラルメは二十世紀にあと二年のところまで生きた。彼は「海の微風」にこう書いている。

肉体は悲しい、ああ、既に読み終わった、すべての書物は。

逃れよう彼方へ！　私は感じる、大空と未知の水泡《みなわ》
湧く央《さなか》に、海鳥は酔いしれているのを。
何ものも、わだつみの底深く涵《ひた》されたこの心を
とどめるものはない、瞳に映る古い苑《その》も、おお
いくたびの夜！　白は閉ざす空しい紙の上を
守る洋燈《らんぷ》の荒涼とした光も、
また、みどり児に乳ふくませる新妻の姿も。
私は立とう！　蒸気船は風にその身を傾け
異邦の風土へと錨を巻け！
酷薄の希望に虐《さいな》まれた「倦怠」は、なお
せめて信じよう、ハンカチーフ振る最後の別れを、
恐らくはこの船も、宿命の嵐を呼ぶ海のゆくて、
マストもなく、マストもなく、草茂る小島もなくて、
風は絶望の破船の上を吹き過ぎるかもしれないものを……
しかし、おお私の心よ、聞け遠い水夫の歌を！

美しい詩だ。もしナボコフが、この詩をスペイン語に翻訳したアルフォンソ・レイエスと知り合いであったなら、韻を踏まず、自由詩として、その醜さを最大限に表現するような翻訳をするようにと

彼に助言しただろう。レイエスは西欧文化にとってそれほど重要ではないかもしれないが、西欧文化の一部すなわちラテンアメリカにとっては重要な（あるいは重要であるべき）人物だ。それにしてもマラルメが、肉体は悲しい、私はすべての書物を読んだと謳ったとき、彼は何を言わんとしたのだろう？　飽きるほど本を読み、飽きるほどセックスしたということか？　ある瞬間を越えると、あらゆる読書もあらゆるセックスも反復になるということか？　あとは旅だけが残されているということか？　セックスすることと読書することはつまるところ退屈で、旅することが唯一の出口だということか？　ぼくはマラルメが、病気のこと、健康に対して病気が挑む、この全体主義的な二つの状態、あるいは二つの力と言ってもいいのだが、そのあいだの闘いのことを言っているのだと思う。ぼくはマラルメが、退屈というぼろきれをまとった病気について言っているのだと思う。マラルメが病気について組み立てるイメージはしかし、ある意味で純粋だ。つまり彼は諦めとしての病気、生きることの諦め、あるいは、ともかく何らかに対する諦めとしての病気のことを言っている。すなわち敗北のことを言っている。そしてその敗北を逆転させるために、読書とセックスをむなしく持ち出してみせるのだ。ぼくの想像では、マラルメにとって最大の悦びであり、マラルメ夫人にとって最大の困惑であったことだろうが、その二つはまったく同じことなのだ。なぜなら、そうでなければ、肉体は悲しい、とそんなふうに明確に言ってのけることのできる正気の人間などいないからだ。肉体は悲しいだけだと口にすること、実際には一分と続かない小さな死《プチ・モルト》が、よく知られているように何時間も何時間も果てしなく続くことがありえる愛のあらゆる行為に及んでいるのだと言うこと。要するに、このような詩行がカンポアモールのようなスペインの詩人によって書かれたとすればしっくりくるののだが、作品と伝記とが分かちがたく結ばれているマラルメには不似合いなのだ。ただしこの詩、ポール・ゴーギャンだけが文字どおりに解した、この暗号のような宣言《マニフェスト》においては例外だが。というのは、知られているかぎり、マラルメは水夫が歌うのを聞いたことがなかった、あるいは聞いたことがあったとしても、目的地の定まっていない船の上でなかったことは確かだからだ。それに、すべての書物を読んでしまったとはなおさら考えにくい。というのは、たとえ書物が尽きたとしても、すべてを読み終わることとは決してないからであって、マラルメはそのことをよく分かっていた。書物は有限であり、セックスの機会も有限であるが、読書とセックスへの欲望は無限であり、われわれ自身の死を、われわれの恐怖を、われわれの平和への願いをも乗り越えていくものなのだ。ではこの有名な詩のなかで、マラルメによれば、読書への欲望もセックスへの欲望も残っていないときに、彼に残されているのは何か？　旅が残されている、旅したいという欲望が残されている。おそらくそこに犯罪を解く鍵がある。なぜならマラルメが、彼に残されているのは祈ることとか泣くこととか狂うことだと言っていたなら、おそらく完璧なアリバイを手に入れていたからだ。しかしその代わりにマラルメは、残されているのは旅することであると言い、それはまるで航海することが必要だ、生きることは必要ではないと言っているかのようだ――この一節を以前はラテン語で引用できたが、ぼくの肝臓の旅する毒素のせいで忘れてしまった――あるいは同じことだが、マラルメは上半身裸の旅人を、裸の上半身もやはり持っている自由を、水夫と探検家の単純な（だが少し考えてみればそれほど単純でもない）人生のほうを選んでいる。彼らの人生は、生の肯定であると同時に、死との絶え間ないゲームでもあり、ヒエラルキーのなかではある種の詩的見習い期間の第一段階にある。第二段階はセックスで、第三段階は書物だ。これによってマラルメの選択はパラドックス、あるいは回帰、もう一度ゼロから始めることへと変化する。ここに至ってぼくは、エレベーターの話に戻る前に、すべての人の父、ボードレールの詩のことを、彼が旅について、旅をめぐる若者らしい熱狂について、すべての旅が結局のところ旅人に残す苦さについて語る詩のことを考えてしまう。ぼくが思うに、マラルメのソネットはおそらく、ボードレールの詩、ぼくが読んだ詩のなかでもっとも恐るべき詩のひとつ、病んだ詩、出口のない詩でありながら、おそらく十九世紀に書かれたもっとも明晰な詩に対する応答なのだろう。

病気と旅

旅は人を病気にする。かつて医者は、とくに神経性の病気を患っている患者には旅を勧めた。患者はたいてい金に余裕があり、勧めにしたがって数か月、ときには数年にわたる長い船旅に出た。神経性の病に罹っている貧しい者たちは旅に出なかった。想像するに、気が狂った者もいたはずだ。だが、旅に出た病人もやはり気が狂い、さもなければ街や気候、食習慣の変化にともなって新しい病気に罹った。実際、旅をしないほうがよほど健康的だ。動かずに、家から一歩も出ず、冬は暖かく着込み、夏になるまでマフラーを外さないほうがよほど健康的だし、口を開けず、まばたきもしないほうがよほど健康的だし、呼吸もしないほうがよほど健康的だ。だが、人は呼吸をして旅に出るものだ。

たとえばこのぼくも、かなり早い時期に、たぶん七歳か八歳のときに旅を始めた。最初は父のトラックに乗って、まるで核戦争のあとのようで戦慄を覚えた人気《ひとけ》のないチリの幹線道路を。次いで鉄道やバスに乗って。そして十五歳で初めて飛行機に乗り、メキシコに移り住んだ。それ以来、ぼくは旅し続けている。結果——さまざまな病。子供のころはひどい頭痛に苦しみ、神経系の病気ではないかと疑った両親は、できるだけ早く治癒の長旅に出すべきではないかと悩んでいた。十代のころには不眠、そして性にまつわるいくつかの問題。二十代には、次々に抜けた歯を、ヘンゼルとグレーテルがまいたパン屑さながら、いくつかの国に残すことになった。栄養不足で胃酸過多を起こし、その後胃炎になった。本の読みすぎで眼鏡をかけるようになった。やみくもに歩きすぎたせいで、足には魚の目ができた。数えきれないほどのインフルエンザと治りの悪い風邪に罹った。蓄えもなく、苦しい生活の繰り返しだったが、自分には運があると思っていた。なぜなら結局のところ、重病には罹ったことがなかったからだ。セックスはさんざんやったが、性病には一度も罹らなかった。本はさんざん読んだが、売れる作家になろうとは一度も思わなかった。歯が抜けたことすら、ぼくにとっては、さすらいの禅生活を送り、歯のことなど気にもかけなかったゲーリー・スナイダーへの一種のオマージュだ。それでもすべてはやってくる。子供たちもやってくる。本もやってくる。病気もやってくる。旅の終わりもやってくる。

病気と袋小路

そのボードレールの詩は「旅」という。長い、うわごとのような詩だ。つまり極端なまでの明晰さを備えたうわごとであり、いまは全篇を読み上げるべきときではない。スペイン語の翻訳者は詩人のアントニオ・マルティネス＝サリオンで、彼による最初の詩句はこのように始まる。

子供とは、地図や版画が大好きなもの、
全宇宙がその広大な食欲にひとしく見える。

つまり詩は子供で始まる。冒険と恐怖の詩は、当然ながら、子供の純粋な眼差しで始まる。そのあと、詩はこのように続く。

ある朝私たちは出発する、脳のなかは焔《ほのお》にみちて、
心臓は恨みとにがい欲望にふくれ上がって、
私たちは行くのだ、大波のリズムのままに、
限りない思いを限りある海に揺らせながら。

ある者は、恥ずべき祖国から喜んで逃げ出すところ。
別の者は、われとわが揺籃《ゆりかご》の恐怖から、そして幾人かは、
女の目のなかに身を溺《おぼ》らせた占星術師か、
危険な香りを放つ暴虐の魔女キルケから逃げ出すところ。

獣に変えられてはたまらぬとばかり、彼らは酔うのだ
虚空のひろがりに　光に　あかあかと燃える空に。
氷が彼らに嚙《か》みつき、太陽が彼らの肌を灼《や》き、
接吻の痕《あと》を徐々に消してくれる。

だが本当の旅人とは　ただ出発のために出発する
人々だけだ。心は軽く、気球にも似て、
その宿命の手から離れることはついになく、
なぜとも知らずに、いつも言うのだ、行こう！　と。

ボードレールの詩の乗組員たちが企てる旅は、どこか罪人の旅に似ている。ぼくは旅に出る、ぼくは未知の領域で道に迷う、何に出会うだろうか、何が起こるだろうか。だが前もってぼくはいっさいを放棄しよう。あるいは同じことだが、旅人が本当に旅するためには、失うものを持っていてはなら

ないのだ。旅は、この長く多難な十九世紀の旅は、ストレッチャーに乗せられた患者が、病室から、暗殺教団の盗賊のようにハンカチで顔を覆った人々が待つ手術室まで運ばれる旅に似ている。ところで、旅の初期のイメージは、ある種の楽園的な光景がないわけではないが、それは現実にそうだったからというよりは、旅人の願望あるいは文化の所産なのだ。

驚くべき旅行者たちよ！　どんな高貴な物語を　私たちは
海のように底知れぬ君らの目のなかに読むことか！
見せてくれ　私たちにも　君らの豊かな記憶の小箱

そして詩はこうも言う。君たちは何を見た？　するとその旅人、あるいは旅人たちの代理であるその亡霊は、返答に地獄の九圏を列挙する。ボードレールの旅人は明らかに、肉体が悲しいともすべての書物を読んでしまったとも思っていないが、彼は明らかに、エントロピーのトロフィーと宝石である肉体が悲しいことを、悲しみを越えていることを知っている。そして一冊の書物を一度読むことで、あらゆる書物を読むことになると知っている。ボードレールの旅人の脳のなかは焔にみちて、心臓は恨みとにがい欲望にふくれ上がっている。つまり、おそらく過激でモダンな旅人なのだが、至極もっともなことに、救われたいと思う者、見たいと思いつつも救われたいと思う者である。旅、つまりこの詩全篇は、深淵へとまっすぐ向かう船か騒然としたキャラバンのようなものだが、ぼくたちは旅人が救い出してほしいと思っていることを、彼の吐き気や絶望や軽蔑のなかに直観する。最後に彼が見いだすのは、ユリシーズのように、担架で運ばれて天井と深淵を取り違える患者のように、彼自身の姿である。

にがい知識だ、旅から得られる知識とは！
世界は、単調でちっぽけで、今日も、
昨日も、明日も、いつも、われら自身の姿を見せてくれる。
倦怠の砂漠のなかの　恐怖のオアシス！

本当のところ、ぼくたちにはこの詩句で十分すぎる。倦怠の砂漠のなかの、恐怖のオアシス。現代人の病を表現するのに、これ以上明晰な診断はない。倦怠から抜け出すために、行き詰まりから逃れるために、ぼくたちが手にしている、といってもそれほど手近にはなく、ここでも努力が必要なのだが、その唯一のものは恐怖、つまり悪である。ぼくたちは、ゾンビのように、ソーマから栄養を得る奴隷のように生きるか、あるいは奴隷使用者、悪意ある存在になるしかない。妻と三人の子供を殺したあとで滝のような汗をかきながら、妙な気分だ、何か知らないもの、自由に取り憑かれたようだと言い、その後、犠牲者は死んで当たり前だったと言うが、何時間か経つと少し冷静になって、あれほど残酷な死に値する者はいないと言い、その後、きっと自分は狂ってしまったのだと付け加え、自分の言うことは気に留めないでくれと警官に言ったあの男のように。オアシスは常にオアシスだ。とりわけ人が倦怠の砂漠から出てきたときには。オアシスでは人は食べ物や飲み物にありつき、傷を癒し、休息をとることができる。だが、そこが恐怖のオアシスなら、もし恐怖のオアシスしか存在していないなら、旅人は今度こそ確実に、肉体は悲しく、すべての書物を読んでしまう日がやってくることを、旅とは蜃気楼なのだと確かめることができるだろう。今日ではあらゆることが、存在するのは恐怖のオアシスだけであると、あるいはあらゆるオアシスの行き着く先は恐怖なのだと指し示しているように思える。

病気とドキュメンタリー

ぼくが病気について思い出すもっとも鮮烈なイメージは、名前は忘れたが、物乞いと前衛主義のあいだで、フィスト・ファックの実践者と現代の世捨て人のあいだで活動していたあるニューヨークのアーティストだ。ある夜、もう何年も前のことだが、誰もテレビを見ていない時間に、ぼくは彼のことをあるドキュメンタリーで見た。その男は過激なマゾヒストで、自らの芸術の原材料を、自分の性癖というか宿命、不治の悪癖から引き出していた。彼は半分役者で半分絵描きだ。ぼくの記憶では、さほど大柄ではなく、頭は禿げかけていた。彼は自分の体験を撮影する。この体験とは苦痛の場面あるいはその上演である。次第に激しくなる痛み、それはときに、アーティストである彼を死の淵に追いやる。ある日、いつもどおりに病院へ行くと、彼は不治の病に罹っていることを知らされる。最初、その知らせに彼は驚く。だが驚きは長くは続かない。男はすぐに自分の最後のパフォーマンスを撮影し始め、それは、少なくとも冒頭の部分では彼のそれ以前のパフォーマンスとは異なり、驚くほど語りを抑制したものとなる。これらの場面が続くあいだ、彼の様子は穏やかで、ひときわ落ち着いて見え、あたかも突発的な動作や大げさな演技の効果をもはや信じなくなったかのようだ。たとえば彼は自転車に乗り、おそらくコニーアイランドに違いない海岸通りのようなところを漕いでいき、その後は防波堤に腰掛け、幼少期や青春時代のとりとめのない思い出を回想しながら、海を見つめ、ときに横目でカメラのほうを見やる。彼の声や所作は、冷たくもなければ暖かくもない。宇宙人の声でもなければ、ベッドの下に隠れて目を閉じている絶望した者の声でもない。おそらくそれは盲人の声や所作だが、仮にそうだとすれば、きっとそうに違いないと思うのだが、他の盲人たちに向かって話している盲人の声だ。ぼくに言わせれば、彼は自らの運命を受け入れて心穏やかなのでもなければ、全力で自らの運命と闘うつもりもない。むしろ自分の運命にすっかり無関心になった男のようだ。最後のほうの場面は病院で展開する。男は自分がもはや退院できないこと、自分に残されているのはただ死ぬことだけであるのを知っているが、彼はまだこの最後のパフォーマンスを記録するカメラを見つめている。ちょうどこのとき、眠れぬ視聴者は、そのときになって初めて、カメラが二台存在することに、二種類の映像が存在することに気づく。すなわち、視聴者がテレビで見ているフランスかドイツで制作されたドキュメンタリー作家の映像と、ぼくが名前を失念した、あるいはついに名前を知ることのなかった男のパフォーマンスを記録し、彼を臨終の瞬間まで看取るドキュメンタリー映像、彼がプロクルステスの床から、鉄の手あるいは鉄の眼差しで監督しているドキュメンタリー映像とが。そして実際そうなのだ。ある声、フランス人かドイツ人のナレーターの声が、ニューヨークの男に別れを告げ、その後、映像は真っ暗になり、彼の死亡したそれから数週間後の日付を告げる。いっぽう、苦痛のアーティストが監督したドキュメンタリー映像は、彼の死の苦しみをゆっくりと追いかけていくのだが、もうぼくたちはそれを見ることはできず、想像するだけ、あるいはイメージをフェイドアウトさせ、彼の死の冷淡な日付を読み取ることができるだけである。なぜなら、もし見たとしても、ぼくたちはそれに耐えることはできないだろうから。

病気と詩

しかし、広大な倦怠の砂漠と、そう珍しくはない恐怖のオアシスのあいだには、第三の選択肢がある。おそらくそれは妄想で、ボードレールは以下のように詩にしている。

私たちは、それほどまでにこの火で脳を灼《や》かれているから、
深淵の奥へ飛びこみたいのだ、「地獄」でも「天国」でも、どっちでもいい、
「未知なるもの」の奥にあらたな何かを見つけたいのだ！

この最後の詩行、「未知なるもの」の奥にあらたな何かを見つけたいのだ、という一文は、無限が増したところで無限は無限のままであるのと同じように、本質的な変化なしに増していく恐怖に抗して立てられる芸術の哀れな旗なのだ。詩人が挑むほぼすべての闘いと同様、最初から敗北が決まっている闘い。それに対し、ロートレアモンは抵抗しているように見える（彼は周辺国から宗主国に旅をし、彼の旅の仕方とものの見方は、いまだ誰にも理解できない謎に包まれているので、彼が戦闘的なニヒリストだったのか、それとも途方もない楽天家だったのか、それとも差し迫るコミューンの黒幕だったのか、ぼくたちには分からないほどだ）。そしてランボーもそのことを間違いなく知っていた。彼は書物、セックス、旅、いずれにも同じ情熱をもって没頭した末に、ダイヤモンドのような輝きとともに、書くことにはほとんど何の意味もないことを発見し、理解した（書くことは明らかに読むことと同じ行為であり、ときに旅することにもよく似ている、しかも特別な場合には、セックスの行為に似ることもあるが、ランボーがぼくたちに言うように、そうしたすべては蜃気楼であり、存在するのはただ砂漠と、ときにぼくたちを堕落させるオアシスの遠い光だけなのだ）。そしてここにマラルメが、あらゆる大詩人のなかでももっとも純粋さに欠ける詩人がやってきて、ぼくたちに対し、旅に出なくてはならない、もう一度旅をしなくてはならないと言う。ここで、もっとも経験の乏しい読者さえも思うことだろう。それにしても、マラルメはいったいどうしてしまったのか？　この熱狂はどこから来るのか？　ぼくたちを旅に誘っているのか、それとも、ぼくたちの手足を縛って死のほうへ送り出そうとしているのか？　ぼくたちをからかっているのか、それとも単なる韻の問題なのか？　マラルメがボードレールを読んでいなかった可能性などありえない。では彼はいったい何を目論んでいるのか？　その答えは実に単純だと思う。マラルメは、たとえ旅と旅人が呪われていることを知っていても、ふたたび始めたいのだ。つまり、イジチュールの詩人にとっては、ぼくたちの行為だけでなく、言葉もまた病んでいる。それでも、ぼくたちが自分たちを治すための解毒剤か薬を、あらたな何かを、未知なるもののなかでのみ見つけることのできるその何かを探すあいだ、ぼくたちはセックスを、書物を、旅を探求し続けなくてはならない。たとえそれらがぼくたちを、偶然にもその解毒剤を発見することのできる唯一の場所である深淵へと導くことが分かっていても。

病気とテスト

いよいよあの巨大なエレベーターに、ぼくがこれまでに見たなかでもっとも巨大なエレベーターに戻る時間だ。羊飼いなら羊の小さな群れを、農夫なら狂牛病の二頭の牛を、看護士なら二台の空のストレッチャーを押し込むことのできる空間、ぼくが、日本の人形ほどの背丈しかないあの女医に、セックスしないか、せめて試してみるだけでもと頼むべきか、それとも、（こちらのほうがありうるが）『不思議の国のアリス』みたいにその場で泣き出して、エレベーターをキューブリックの『シャイニング』のように血ではなく涙であふれさせてしまうかという二つの選択肢のあいだで文字どおり苦悶していたエレベーターに。だが、身につけていたとしても決して余計なものではなく、めったなことでは足手まといにならないはずの礼儀正しさが、こういう場面には足手まといになり、ほどなく日本人の女医とぼくは、病院の裏手に面した窓のある小部屋にこもって、実に奇妙なテスト、ぼくには新聞の日曜版のパズル欄に載っているものとそっくりに思えるテストを受けていた。ぼくはもちろん、主治医は間違っているのだと彼女に証明しようとするかのように真剣になってテストを受けたが、無駄な努力に終わった。というのも、ぼくがテストを申し分なくこなしても、日本人の小柄な女医は表情をまったく変えず、励ますような笑みひとつ見せてくれなかったからだ。ときどき、彼女が新しいテストを用意しているあいだ、ぼくたちは会話を交わした。ぼくは肝臓移植が成功する可能性について尋ねた。可能性、かなり高い、と彼女は言った。どれくらいの確率ですか? とぼくは尋ねた。六〇パーセント、と彼女は言った。なんてことだ、とぼくは言った。あまりないじゃないか。政治の世界なら絶対過半数、と彼女は言った。テストのひとつ、たぶんもっとも単純なテストがぼくに強い印象を残した。それは、何秒か両手を広げた状態で垂直に、つまり、指を上に向け、彼女には手のひらを見せ、自分は手の甲を見つめているという状態を保つものだった。ぼくはそのテストにいったいどんな意味があるのかと尋ねた。彼女によると、ぼくの病気がもう少し進行すると、その姿勢で指を立てておくことができなくなるという。指がどうしても彼女のほうに曲がってしまうらしい。ぼくはこう言ったと思う――なんてこった。たぶんぼくは笑っただろう。ともかく、それ以来ぼくは毎日どこでもそのテストをやるようになった。両手を目の前に広げて、自分に手の甲を向け、何秒かのあいだ、指の関節を、爪を、指の骨の上にできている皺を見つめる。指を立てておけなくなった日に何をするかは自分でもよく分からないが、何をしないかはよく分かっている。マラルメは、賽のひと振りは決して偶然を廃さないと書いた。しかし、毎日指を立てるテストをする必要があるように、賽も毎日振ってみる必要がある。

病気とカフカ

カネッティは、カフカについての本のなかで、この二十世紀最大の作家は、自分が初めて血を吐いた日、賽はすでに振られ、もはや書くことと自分を隔てるものはないということを理解したと書いている。彼の書くことと彼を隔てるものはなかったとぼくが言うとき、ぼくは何を言おうとしているのだろう？　正直に言って、よく分からない。ぼくが言いたいのはたぶん、カフカは、旅とセックスと書物は、どこにも導いてくれない道でありながらも、そこが入り込み、迷い込むべき道であることを分かっていたということだ。そこで何かと、書物、身ぶり、失くしたもの、どんなものであれ、何かとふたたび出会うため、あるいは何かを見つけるために。運がよければ、もしかすると何らかの方法が見つかるかもしれない。それはあらたなもの、いつもそこにあったものなのかもしれない。

クトゥルフ神話

アラン・パウルスに

この暗い時代、希望に満ちた宣言で始めることをお許しいただきたい。現在スペイン語で書かれている文学は実に素晴らしい状況にある！　最高だ！　このうえない！

これ以上素晴らしかったとすれば、恐怖を覚えるくらいだ。

だが落ち着こう。素晴らしくはあるが、心臓発作を恐れる必要はない。腰を抜かすほどの驚きを心配させる要素は何もない。

だがラファエル・コンテ*という批評家によると、アルトゥーロ・ペレス＝レベルテ*がスペインの完璧な小説家だという。彼がそう断言している記事の切り抜きを持っていないので、正確には引用できない。ぼくの記憶ではコンテは、ペレス＝レベルテが現代スペイン文学でもっとも完璧な小説家だと言っていたと思う。あたかも、いったん完璧に達してもなお完璧さに磨きをかけ続けることができるというかのように。コンテが言ったのか、それとも小説家のファン・マルセー*が言ったのか定かではないが、彼のいちばんの長所は、読みやすさにある。その読みやすさのおかげで、彼はもっとも完璧な作家であるだけでなく、もっとも読まれている作家でもある。要するに、もっとも本が売れる作家というわけだ。

この図式にあてはめると、スペイン文学における完璧な小説家とはたぶんアルベルト・バスケス＝フィゲロア*のことだろう。彼は余暇を利用して、脱塩装置、というか脱塩システム、つまり海水をたちまちにして真水に変え、灌漑用水としても、人が浴びるシャワー用としても、さらには、これはぼくの推測だが、飲料用としても使えるようにする装置を発明した。バスケス＝フィゲロアはもっとも完璧な小説家ではないが、完璧な小説家であることは間違いない。彼の本は読みやすい。楽しい。よく売れる。彼の物語はペレス＝レベルテの本のように冒険に満ちている。

正直なところ、いまここに、そのコンテの書いた記事があったらよかったと思う。残念ながら、ぼくはカミロ・ホセ・セラ*の『蜂の巣』の登場人物のように、新聞の切り抜きを持ち歩くタイプではない。着古したブレザーのポケットに、自ら寄稿した、たぶん国民運動《モビミエント》の機関紙だと思うけれど、地方紙の新聞記事の切り抜きを突っ込んでおくこの人物には親しみを感じているのだが、そのいっぽうで、ポケットに皺くちゃの切り抜きを入れ、スペインの不毛の台地を彷徨していた彼のことを思い出そうとすると、彼を演じたホセ・サクリスタン*の顔、映画での青白く無防備な顔、打ちのめされた犬のような何を考えているのか分からない面持ちが目に浮かんでしまうのだ。ここでせっかくなので、注釈的な余談を二つほど、というか、ため息を二度ばかりつく間をいただきたい。ホセ・サクリスタンは実に素晴らしい役者であって、実に楽しく、実に分かりやすい。そして、セラには何と奇妙なことが起きていることだろう。セラは日ごとにチリの大農園主かメキシコの牧場主に似てきている。慎み深いラテンアメリカ人の言い方を借りれば彼の庶子、すなわち彼の私生児たちが、雑草のごとく、粗野で、やる気もなく、だがしぶとく、どすのきいた声で、あるいは無垢なエリオットの表現を借りれば、まるで荒れた土地に育つ無垢なライラックのように生まれ、育っているのだ。

信じがたいほどに太ったセラの死体を白馬に縛り付ければ、スペイン文学の新たなエル・シッド*になることだろうし、そして現に、そうなっている。

原則を宣言しておこう。

原則として、ぼくは分かりやすさと楽しさに反対しているわけではまったくない。では何が言いたいかというと、これから見ていこう。

沼地や砂漠、労働者たちの暮らす郊外のスラム、自身を映す鏡としての小説を巧妙に装う地中海《クラブ・メッド》クラブのような世界に入っていくときには、こう宣言しておくのが常に都合がいい。

誰かに答えていただきたい修辞的な問いがある。ペレス＝レベルテでもバスケス＝フィゲロアでも、売れている他の作家、たとえばアントニオ・ムニョス＝モリーナ*でも、あるいはデ・プラーダ*という響きのよい姓で通っているあの若者でもいいのだが、どうして彼らの本はそんなに売れるのか？　単に楽しくて分かりやすいからか？　単に読者をはらはらさせる話を展開するからか？　誰も答えてくれないのか？　誰か、あえて答えようとする人は？　誰も何も言わなくていい。友達をなくされては困る。ぼくが自分で答えよう。答えはノーだ。それだけの理由では売れない。本が売れ、彼らが大衆的な人気を博しているのは、彼らの物語が理解できるからだ。つまり、読者は——と言っても読者としてではもちろんなく、この場合は本の消費者として、決して見誤ることのない人たちは——彼らの長篇や短篇を完璧に理解できるのである。批評家コンテはこのことを知っているか、おそらく若さゆえに直観的に感じ取っている。小説家マルセーは年老いているが、このことを経験的に学んでいる。大衆は、ガルシア＝ロルカが一緒に玄関口に隠れた男娼に言ったように、大衆というものは、絶対に、絶対に、見誤ることがない。ではどうして絶対に見誤らないのか？　それは理解できるからである。

もちろん、小説を分かりやすく楽しいものにしようとする絶え間ない試みを受け入れ、作家の側にそれを要求するのは妥当なことだ。小説というのは、言ってみれば、科学やテレビの独占的な領域である、歴史や個々の物語に手を加える一連の動きとは無縁に推移する芸術だからだ。ときに、楽しいもの、分かりやすいものを評論や哲学のジャンルにまで求めたり指示したりした場合、結果は一見したところ悲惨なものになるかもしれない。だがそれでも、そうしたジャンルに潜在する希望の力は失われないし、長い目で見ると願ってもない、望ましいことである。たとえば、弱い思想。正直なところ、ぼくには弱い思想が何だったのか（あるいは何なのか）、さっぱり分からない。提唱したのは、たしか二十世紀イタリアの哲学者だったと思う。* 彼の本も、彼について書かれた本も読んだことはない。その理由をあえて挙げれば、言い訳ではないのだが、本を買う金がなかったからだ。だから新聞か何かでその存在を知ったに違いない。弱い思想というものがあった。そのイタリア人哲学者はまだ生きているかもしれない。でも端的に言って、そのイタリア人のことは重要ではない。彼が弱い思想について語ったとき、たぶん彼は別のことを言いたかったのだろう。ありうることだ。ここで重要なのは彼の本のタイトルだ。『ドン・キホーテ』について話すとき、ぼくたちが話題にしているのは本そのものではなくて、タイトルといくつかの風車であるように。カフカの話をするときも、重要なのは（神よ許したまえ）カフカや火よりも、窓口の奥にいる女か男のことなのだ。（この作用は凝固と呼ばれている。ぼくたちの生体組織で保たれ、新陳代謝を経たイメージ、歴史的な記憶、偶然と運命の凝結作用。）その弱い思想の強さというのは、ぼくは空腹のせいで目まいに突如襲われたかのように直観したのだが、その思想が、哲学的体系に通じていない人々のための哲学的な方法論として提示されているところにあった。弱い階級に属する人たちのための弱い思想。対象に届く広告キャンペーンが行なわれれば、ウィトゲンシュタインの『論理哲学論考』を持って高さ三十メートルの建築現場まで上がり、足場に腰を下ろして読んだこともなければ、チョペのサンドイッチを齧りながら読み返したこともないジローナの建築現場の労働者でも、そのイタリア人哲学者、あるいは彼の弟子の誰かの本を読めるだろうし、その分かりやすく、楽しく、読みやすい文章は彼の心の奥に届くことだろう。

その瞬間、ぼくは目まいに襲われたにもかかわらず、永劫回帰の啓示を受けたときのニーチェのような心境だった。容赦なく継起する十億分の一秒、永遠に祝福を受けたすべての人々。

チョペとは何か？　チョペのサンドイッチは何でできている？　パンにはトマトとオリーブオイルが少々塗られているか、それともメーカー名にちなんでアルバルとも呼ばれるアルミホイルで包んだただのパンか？　チョペは何でできている？　ひょっとしてモルタデッラか？　ヨークハムとモルタデッラの中間か？　サラミとモルタデッラの中間か？　チョペには、チョリソかサラミに似たところがあるのか？　どうしてアルミホイルのメーカーはアルバルという名なのか？　それは姓、ネメシオ・アルバル氏の姓なのか？　それとも夜明《アルバ》けのことを、恋人たちの明るい夜明け、弁当箱に半キロのパンと、それに見合う量のチョペの薄切りを入れて仕事に出かける労働者たちの明るい夜明けのことを言っているのか？

うっすらと金属的に輝く夜明け。便所の上の明るい夜明け。ぼくがずいぶん昔にブルーノ・モンタネー*と一緒に書いた詩はそういうタイトルだった。でもつい最近、ぼくはそのタイトルとその詩が別の詩人の作とされているのを目にした。いやはや、いやはや、軽率な者どもときたら、彼らの追跡、悪だくみ、嫌がらせはいったいどれほど遠くまで及ぶのだろう。そしてきわめつけに、タイトルがひどいしろものときている。

しかし、弱い思想の話に、建築現場の足場にぴったりのその話に戻ろう。楽しさはある。分かりやすさにも不足はない。そして、社会的弱者と言われる人々は、そのメッセージを完璧に理解する。例を挙げると、ヒトラーは弱い思想についてのエッセイストか哲学者と言ってかまわないだろう。彼の言うことは何もかも理解できる！　自己啓発本というものは、本当のところ、実践哲学の、女も男も読むことのできる、気取りのない楽しい哲学の本のことだ。〈偉大なる兄弟《グラン・エルマーノ》〉というテレビ番組の変遷を分析し、解釈を加えているあのスペイン人哲学者は、読みやすい本を書く明晰な哲学者であるが、もっとも彼の場合、啓示は二十年遅れで届いた。彼の名前が思い出せない、というのもこの講演原稿は、みなさんの多くがすでにお気づきのように、記憶を頼りに講演の数日前になって書いているからだ。ぼくが覚えているのは、その哲学者がラテンアメリカのある国、ぼくが想像するに熱帯の国で何年も暮らしたということで、彼は亡命生活にうんざりし、蚊にもうんざりして、悪の華がぞっとするほど繁茂しているのにもうんざりしていた。いま、その老哲学者はアンダルシアではないスペインのある都市に住み、終わりのない冬をマフラーを巻きつけ帽子をかぶって耐え忍び、テレビで〈偉大なる兄弟〉の参加者を眺めながら、雪のように白くて冷たい紙のノートにメモを取っている。

　フェルナンド・サンチェス＝ドラゴー*は神学についてのもっとも優れた本を書く人だ。名前を思い出せないある人物、ＵＦＯの専門家は、もっとも優れたポピュラーサイエンスの本を書く人だ。ルシア・エチェバリア*は間テクスト性についてもっとも優れた本を書く人だ。サンチェス＝ドラゴーは多文化主義について誰よりも優れた本を書く人だ。ファン・ゴイティソロ*は政治についてもっとも優れた本を書く人だ。サンチェス＝ドラゴーは歴史や神話についてもっとも優れた本を書く人だ。アナ・ロサ・キンタナ*、あの実に感じのいいテレビ司会者は、いまこの時代に虐待を受けている女性についてもっとも優れた本を書く人だ。サンチェス＝ドラゴーは旅についてもっとも優れた本を書く人だ。ぼくはサンチェス＝ドラゴーが大好きだ。年齢を感じさせない。ヘナか、あるいは美容院のごくふつうの染料で髪を染めているのだろうか？　それとも白髪が生えないのだろうか？　もし白髪が生えないのなら、髪の色が変わらない人はたいてい禿げるのに、なぜ彼は禿げないのだろう？

ではいよいよ、ぼくにとって本当に重要な問いに移ろう。サンチェス＝ドラゴーは、ぼくを自分のテレビ番組に呼ぶのに何をぐずぐずしているのか？　ぼくがひざまずいて、燃える柴に向かう罪人のように彼のほうに這っていくのを待っているのか？　ぼくの体の具合がいまよりもさらに悪化してほしいのか？　ピティータ・リドゥルエホ*から推薦状をもらってこいというのか？　それならくれぐれも注意することだ、ビクトル・サンチェス＝ドラゴー！　ぼくの我慢にも限界があるし、昔はワルだった！　誰も警告してくれなかったなどとあとから言うんじゃないぞ、グレゴリオ＝サンチェス・ドラゴー！

知っておいていただきたい。ありきたりの道しるべの右側に、もちろん北北西の方角から来たとしての話だが、一体の骸骨が退屈しているまさにあそこに、もうコマラ*を、死の町をかすかに臨むことができる。その町こそが、このもったいぶった講演がロバにまたがって向かっている目的地で、ぼくとみなさんは、多かれ少なかれ前もって計画された何らかの方法で、その町に向かっているのだ。だがその町に入る前に、ニカノール・パラ*によるあるエピソードをお話ししたい。パラは、もしぼくが、実際にはそうでないにしても彼の弟子としてふさわしかったなら、ぜひわが師と見なしたい人物だ。それほど昔ではないある日のこと、ニカノール・パラはコンセプシオン大学から名誉博士号を授与されることになった。彼ともあろう人ならば、サンタ・バルバラ大学、ムルチェン大学、あるいはコイグエ大学から名誉博士号を授与されてもおかしくなかっただろう。ぼくが聞くところによれば、チリでは自由市場のおかげで、初等教育を終えて、まずまずの大きさの建物を所有していれば、誰でも私立大学を創設できるそうだ。確かなことは、コンセプシオン大学はそれなりの名声のある規模も大きな大学で、ぼくの知るかぎりではいまも国立大学であり、その大学がニカノール・パラの栄誉を称え、彼に名誉博士号を授けることになり、基調講演をしてもらおうと彼を招待した。ニカノール・パラが壇上に上がって最初に話したことは、少年時代、あるいは青年時代にその大学に来たことがあるということで、ただし勉強するためではなく、チリではサンドイッチとかサングッチェとか呼ばれるボカディージョを売るためで、それを学生たちが休み時間に買ってむさぼり食っていたという話だった。ときどきニカノール・パラは叔父に付き添い、またときには母親に付き添い、またあるときはひとりで、アルバルのアルミホイルではなく新聞紙か粗末な紙で包んだサングッチェを手提げ袋いっぱいに詰めて売りに来た。もしかすると手提げ袋ですらなく、衛生的で見栄えがよく、実用的でもある、台ふきんを上にかけた籠だったかもしれない。ニカノール・パラは、微笑みを浮かべた南米人の教授たちで埋め尽くされた講堂で、きっと空虚のなかで失われつつあり、いまなおその空虚の、あるいはぼくたちが空虚と認識しているものの慣性のなかで失われつつある、かつてのコンセプシオン大学を思い起こし、そしてかつての自分自身を、言ってみれば、みすぼらしい格好にサンダル履きの、貧しい若者にはたちまち窮屈になる服を着ている自分自身を回想した。すると何もかもが、当時の匂い、すなわちチリの風邪の、南米の風邪の匂いさえもが、ウィトゲンシュタインがかつて自分自身とぼくたちに対し、はるかヨーロッパから問いかけた答えのない問い、この手は手なのか、それとも手ではないのか？　という問いに、まるで蝶のように捕えられた。

アメリカ合衆国がヨーロッパの工場だったように、ラテンアメリカはヨーロッパの精神病院だった。工場はいま現場監督の支配下にあり、精神病院からの脱走者がそこの労働力を担っている。精神病院は六十年以上前から、自らの油、自らの脂身を燃料にして燃え続けている。

今日、ある著名で抜け目ないラテンアメリカ作家のインタビューを読んだ。尊敬する人物を三名挙げよと言われた彼は、こう答えている——ネルソン・マンデラ、ガブリエル・ガルシア＝マルケス、マリオ・バルガス＝リョサ。この回答を踏まえるだけで、ラテンアメリカ文学の状況についての論文が一本書けそうだ。暇な読者は、この三人に共通するものは何か考えてみるといい。このうちの二人を結びつけるものがある。ノーベル賞だ。*三人を結びつけるものはもっとある。彼らは昔、左翼だった。三人はミリアム・マケバ*の歌声を称賛しているかもしれない。一度聞いたら耳から離れなくなる彼女の歌「パタパタ」を、ガルシア＝マルケスとバルガス＝リョサは雑多なラテンアメリカ人の集まるさまざまなアパートで、マンデラは牢獄の孤独のなかで踊ったかもしれない。三人とも、嘆かわしい後継者を生んでいる。ガルシア＝マルケスとバルガス＝リョサの場合は、亜流だが分かりやすくて楽しい作家を、マンデラの場合は、南アフリカ共和国の現大統領で、エイズの存在を否定する、何とも形容しがたいタボ・ムベキ*を。この三人をもっとも尊敬する人物として挙げ、しかも平然としていられる人がいるとは何たることか。なぜブッシュとプーチンとカストロではないのか？　なぜムハンマド・オマル*とイェルク・ハイダー*とベルルスコーニではないのか？　なぜ三位一体に扮したサンチェス＝ドラゴーとサンチェス＝ドラゴーとサンチェス＝ドラゴーではないのか？

このような言明がなされる現実にぼくたちはいる。もちろんぼくは、その抜け目ない作家が自分の好みや望みどおりに、こんなことであろうが他の何であろうが公に発言できるように、必要とあらばどんなことでもするつもりだ（このような言い方は無駄に通俗的に響いてしまうだろうが）。誰でも言いたいことを言うことができ、書きたいことを書くことができ、さらにそれを出版できるようになってほしい。ぼくは公的な検閲にも自主的な検閲にも反対だ。ただし、たったひとつだけ条件がある——ミュティレーネーのアルカイオス*が言ったように、言いたいことを言うのなら、聞きたくないことも聞くということ。

実際のところ、ラテンアメリカ文学とは、ボルヘスでもマセドニオ・フェルナンデス*でもオネッティでもビオイ＝カサーレスでもコルタサルでもルルフォでもレブエルタス*でもなければ、ガルシア＝

マルケスとバルガス＝リョサの老マッチョ二人組でもない。ラテンアメリカ文学とは、イサベル・アジェンデ、ルイス・セプルベダ、アンヘレス・マストレッタ、*セルヒオ・ラミレス、*トマス・エロイ・マルティネス、*アギラール＝カミンだかコミン、*そしていまここでは思い出せないその他大勢の著名人たちのことである。

レイナルド・アレナスの作品はすでに失われた。マヌエル・プイグ、コピ、*ロベルト・アルルト*の作品も同様だ。ホルヘ・イバルグエンゴイティア*を読む人はもういない。アウグスト・モンテロッソ、*彼ならばまず間違いなく、忘れがたい三人としてマンデラ、ガルシア＝マルケス、バルガス＝リョサを、たぶんバルガス＝リョサをブライス＝エチェニケと入れ替えたうえで挙げるだろう。だが、そのモンテロッソも、やがて忘却の力学に巻き込まれるだろう。いまは役人作家の、けんかっ早い作家の、スポーツジムに行く作家の、ヒューストンかニューヨークのメイヨー・クリニックで治療を受ける作家の時代だ。バルガス＝リョサが文学において示してくれた最良の教訓は、夜明けの光とともにジョギングに出かけるということだった。ガルシア＝マルケスが示してくれた最良の教訓は、ローマ教皇をハバナで迎えたことだ。エナメルの半長靴を履いていたのは教皇ではなく彼のほうで、教皇はたぶんサンダル履きで、隣にはブーツを履いたカストロがいた。ぼくは、ガルシア＝マルケスがあの重要な式典の場で隠しきれなかった微笑みをいまだに覚えている。目は半開きで、顔の肌はあたかも整形したばかりのようにぴんと張り、唇を少し歪めている。アマード・ネルボ*なら嫉妬にかられて、サラセン人の唇だと形容したことだろう。

セルヒオ・ピトル、*フェルナンド・バジェホ、*リカルド・ピグリア*は、魅惑《グラムール》の雪崩に抗するために何ができるだろう？　彼らにできることはほとんどない。文学だけだ。しかし文学は、ただ単に生き延びようとする行為以上に何かきらめくものが伴っていなければ、何の価値もない。文学は、とりわけラテンアメリカでは、おそらくスペインでも同じだと想像するが、成功、もちろん社会的成功のことだ。つまり、発行部数の多さ、三十以上の言語への翻訳（ぼくは二十の言語を挙げることはできるが、二十五以上になると戸惑い始める。二十六番目の言語が存在しないと思っているからではなく、ビルマの出版産業や、エバ・ルーナの魔術的リアリズム的冒険に感動するビルマ人読者というものを想像できないからだ）、ニューヨークかロサンゼルスの邸宅、各界の大物との夕食会（おかげでぼくたちはビル・クリントンが『ハックルベリー・フィン』の数節を間違えずに、アスナール*がルイス・セルヌーダ*を読むのと同じように淀みなく暗唱できることを知るのだ）、『ニューズウィーク』の表紙、桁違いの前払い金のことである。

　現代の作家たちは、ペル・ジムフェレール*が指摘したように、もはや社会的地位というものを叩きのめそうとするお坊っちゃんではないし、ましてや社会不適合者の群れですらなく、むしろ社会的地位のエベレストに登ろうとする、社会的地位に飢えた中流階級や労働者階級出身の人々のことだ。マドリード生まれの金髪やブルネットの子供たち、人生を中の上で終えたいと願っている、中の下の人々。彼らは社会的地位を拒まない。必死になってそれを求める。それを得るためには大量の汗をかかなければならない。本にサインする、微笑む、見知らぬ土地を旅する、微笑む、ワイドショーで道化を演じる、大いに微笑む、お世話になっている人には絶対に歯向かわない、ブックフェアに出席する、どんな間抜けな質問にも愛想よく答える、最悪の状況でも微笑む、賢そうな顔をする、人口の増加を抑制する、いつもお礼を言う。

彼らが急に疲れを感じたとしても不思議ではない。社会的地位を求める闘いは消耗戦なのだ。しかし、新世代の作家たちは、自分たちの両親がかつて肉体労働で身を粉にして働いていたし、何人かの作家にはいまだにそういう両親がいるので（これからもそういう両親がいてほしいものだ）、絶え間なく微笑みを浮かべることや権力に従うことよりももっと疲弊させるものがあることを知っている。もちろん、もっと疲弊させるものというのは存在する。たとえ肘で他人を押しのけてでも、社会的地位の牧草地のなかに場所を得ようとする努力はどこかしら感動を誘う。もうフランシスコ・デ・アルダーナ*は存在せず、もう誰も、いまこそ死ぬべきだとは言わないが、その代わり、プロの評論家、コメンテーター、学者、右派や左派の政党の茶坊主がいる、抜け目ない剽窃者、強情な野心家、マキアヴェッリ主義者の臆病者といった、文壇で過去の人物ともうまく折り合いをつけ、どうにかして自分の役割を、ともすればそれなりに品よく果たす連中がいる。彼らはぼくたちに、読者、聴衆、（あるいはマルガリータ・シルグ*がロルカの耳元でささやいたように）大衆、大衆、大衆にお似合いの連中なのだ。

エルナン・リベラ＝レテリエール*に祝福あれ、彼の悪趣味に、彼の感傷主義に、政治的には正しい立場に、形ばかりのぎこちないトリックに祝福あれ、なぜならぼくもそれに貢献してきたのだから。ガルシア＝マルケスの出来の悪い息子たちと、オクタビオ・パスの出来の悪い息子たちに祝福あれ、なぜなら彼らが生まれた責任はぼくにあるのだから。フィデル・カストロが設置した同性愛者の強制収容所に、アルゼンチンの二万人の行方不明者に、ビデラ*の当惑した顔と天に映し出されるペロンの老マッチョの笑みに、リオデジャネイロの少年殺人者たちに、ウーゴ・チャベス*の使う、クソの臭いのする、本当にクソである、ぼくが作り出したスペイン語に祝福あれ。

結局のところ、すべてはフォークロアだ。ぼくたちは喧嘩が得意だが、ベッドは不得意だ。いや、もしかすると逆だったかな、マキエイラ？*ぼくにはもう思い出せない。奨学金と多額の前払い金を獲得せよというアルベルト・フゲー*は正しい。どんな連中であろうと、彼らが金を出す気が失せないうちに自分を売り込むことだ。ジャック・ヴァシェ*が誰か分かっていた最後のラテンアメリカ人はフリオ・コルタサルとマリオ・サンティアゴ*だったが、二人とも死んでしまった。ペネロペ・クルスのインドでの物語は、当代もっとも優れた名文家が書くに値する。ペ*はインドに到着する。彼女は地域色のあるもの、あるいは本物が好きなので、カルカッタかボンベイにある最低ランクのレストランに食べに行く。これはペ自身の言葉だ。最低ランクか、あるいは最低価格か、あるいはもっとも庶民的なレストランのひとつ。店の入り口に痩せこけた少年を見かけるが、その子は彼女から目を離さない。ペは立ち上がり、外に出て、どうしたのと少年に尋ねる。少年はミルクが一杯欲しいと言う。ペはミルクを飲んでいるわけではないので、奇妙である。ともかく、われらが女優はミルクを注文し、まだ入り口にいる少年のところに持っていく。少年はペの優しい目に見つめられながら、たちまちミルクを飲み干す。飲み終わったとき、とペは語る。少年の感謝と幸福の眼差しに、持ってはいても必要というわけではない自分の多くのものについて考えさせられたの。だが、ペはそこで間違いを犯している。なぜなら、すべてのもの、自分が所有するすべてのものを彼女は絶対に必要としているからだ。数日後、ペはカルカッタのマザー・テレサと、哲学的で、実際的でもある会話を長々と交わす。そのなかでペはこの話を語って聞かせる。彼女は必要なものと過剰なものについて、存在することとしないことについて、何かと関係のあることと何とも関係のないことについて話しているうちに、何との関係？　どんな？　存在することとは結局どういうこと？　あなた自身であること？　ペは混乱してくる。そのあいだマザー・テレサは、まるでリューマチにかかったイタチのように、二人がいる部屋かポーチをあちこち動き回り、カルカッタの太陽、心温まる太陽、生ける屍の太陽が、すでに西のほうに引き寄せられて、その最後の光を撒き散らしている。そう、そうですね、とカルカッタのマザー・テレサは相づちを打ち、その後何かつぶやくが、ペには聞き取れない。何ですって？　とペは英語で尋ねる。あなたらしくすることです。世界をよくしようなんて思わないこと、とマザー・テレサは言い、助けるのです、人助けをすることです、ミルクを与えればもうそれで十分、子供を援助しなさい、一人でいいのよ、それで十分、とイタリア語で、明らかに不機嫌な口調で言う。夜になり、ペはホテルに戻る。シャワーを浴び、服を着替え、香水を何滴か振りかけるが、マザー・テレサの言葉が頭から離れない。デザートが出る時間になって、突然啓示が訪れる。貯蓄をほんの少し使えばいい。思い悩むことはないのだ。インドの少年に一年に一万二千ペセタを恵んでやれば、何かをしていることになる。思い悩んだり、良心のとがめを受けずにすむ。煙草をやめ、ドライフルーツを食べれば、良心のとがめを受けずにすむ。貯蓄と善は分かちがたく結びついている。

いくつかの謎が、空中に浮かぶエクトプラズムのように漂っている。安いレストランで食事をしたら、ぺはお腹をこわすのではないか？　金には困らないぺが、なぜわざわざ安いレストランに行くのか？　節約するためか？

ぼくたちはベッドが不得意で、悪天候も苦手だが、貯蓄は得意だ。何でもとっておく。まるで精神病院が火事で焼け落ちてしまうのを知っているかのようだ。ぼくたちは何でも隠しておく。ピサロが何度も繰り返し奪いに来る宝物だけでなく、何の役にも立たないもの、がらくた、ほどけた糸、手紙、ボタン、そういったものをぼくたちはどこかに埋めておくが、物覚えが悪いので、やがて記憶から消えてしまう。にもかかわらず、ぼくたちはとっておくことが、蓄えることが、節約することが好きだ。できることなら、ぼくたち自身のことさえも、もっといい時代が来たときのためにとっておきたいものだ。ぼくたちはパパとママなしには生きられない。でも、もしかするとパパとママは、自分たちのほうが後世から見て輝いていられるように、ぼくたちを醜く、愚かで、役立たずに育てたのではないだろうか。というのも、パパとママにとっては節約が永続性として、作品として、パンテオンとして理解されているいっぽうで、ぼくたちにとって節約は成功、金銭、社会的地位のことだからだ。ぼくたちは成功、金銭、社会的地位にしか興味がない。ぼくたちは中流階級の世代だ。

永続性は、空虚なイメージの速さに負けた。著名な人々を祀ったパンテオンは、それをぼくたちは発見して驚くのだが、火事で燃える精神病院の犬小屋なのだ。

もしボルヘスを十字に架けることができるならば、そうすることだろう。ぼくたちは臆病な殺人者、用心深い殺人者だ。ぼくたちの脳は、本当は段ボールでできた家、草むらと果てしない黄昏のあいだにある掘っ建て小屋なのに、大理石でできた霊廟だと思っている。（ところで、ぼくたちがボルヘスを十字に架けなかったと誰が言うのか？　ジュネーヴで死んだボルヘス本人だ。）

というわけで、ぼくたちはガルシア＝マルケスが命じるところにしたがって、アレクサンドル・デュマを読もう。ペレス＝ドラゴーだかガルシア＝コンテだかの言うことに耳を傾けて、ペレス＝レベルテを読もう。読者は（ついでに言うと、出版産業も）、通俗小説に救済を見いだすものなのだ。誰が教えてくれただろう。プルーストを読んだとどれほど自慢したところで、ジョイスの本を針金に吊るしてどれほど子細に研究したところで、答えは通俗小説にあったのだ。ああ、通俗小説よ。だがぼくたちはベッドが不得意で、おそらく同じへまをやらかすだろう。あらゆることから判断して、これを打開する方法はない。

訳注

＊ラファエル・コンテ（一九五一―）　スペインの批評家。『エル・パイース』紙などに寄稿。

＊アルトゥーロ・ペレス＝レベルテ（一九五一―）　スペインの作家。邦訳に『アラトリステ』『ジブラルタルの女王』。

＊フアン・マルセー（一九三三―）　スペインの作家。二〇〇八年セルバンテス賞を受賞。邦訳に『ロリータ・クラブでラヴソング』。

＊アルベルト・バスケス＝フィゲロア（一九三六―）　スペインのジャーナリスト、作家、発明家。

＊カミロ・ホセ・セラ（一九一六―二〇〇二）　スペインの作家。一九八九年ノーベル文学賞を受賞。代表作に『パスクアル・ドゥアルテの家族』『蜂の巣』など。

＊ホセ・サクリスタン（一九三七―）　スペインの俳優。映画化された『蜂の巣』（一九八二）では主役を演じた。

＊エル・シッド　十一世紀後半、レコンキスタで活躍したスペインの英雄。彼の武勲を描いた叙事詩『わがシッドの歌』がある。

＊アントニオ・ムニョス＝モリーナ（一九五六―）　スペインの作家。二〇一三年エルサレム賞を受賞。

＊フアン・マヌエル・デ・プラーダ（一九七〇―）　スペインの作家。

＊イタリアの哲学者ジャンニ・ヴァッティモ（一九三六―）のこと。

＊ブルーノ・モンタネー（一九五七―）　メキシコの詩人。ボラーニョの友人。

＊フェルナンド・サンチェス＝ドラゴー（一九三六―）　スペインの作家。テレビの教養番組の司会者としても有名。

＊ルシア・エチェバリア（一九六六―）　スペインの小説家。一九九八年ナダル賞を、二〇〇四年プラネタ賞を受賞。

＊フアン・ゴイティソロ（一九三一―）　スペインの小説家。邦訳に『戦いの後の光景』など。

＊アナ・ロサ・キンタナ（一九五六―）　スペインのジャーナリスト、テレビ司会者。二〇〇〇年に出した処女小説に、ダニエル・スティールとアンヘレス・マストレッタの著作からの盗作があり、出版社は自主回収した。

＊ピティータ・リドゥルエホ（一九三〇―）　スペインのセレブリティ。

＊フアン・ルルフォの小説『ペドロ・パラモ』の舞台となる架空の町。

＊ニカノール・パラ（一九一四―）　チリの詩人。二〇一一年セルバンテス賞を受賞。

＊バルガス＝リョサも二〇一〇年にノーベル賞を受賞した。

＊ミリアム・マケバ（一九三二―二〇〇八）　南アフリカ共和国の歌手。後に出てくる「パタパタ（Pata Pata）」が広く知られる。

＊タボ・ムベキ（一九四二―）　一九九九年から二〇〇八年まで南アフリカ共和国大統領。

＊ムハンマド・オマル（一九五九？―）　タリバーンの最高指導者。

＊イェルク・ハイダー（一九五〇―二〇〇八）　オーストリアの極右政治家。

＊ミュティレーネーのアルカイオス　古代ギリシャの抒情詩人。

＊マセドニオ・フェルナンデス（一八七四―一九五二）　アルゼンチンの作家。ボルヘスが慕っていた。

＊ホセ・レブエルタス（一九一四―一九七六）　メキシコの作家。邦訳に短篇「顕現祭の夜」。
＊アンヘレス・マストレッタ（一九四九―）　メキシコの作家。処女作『命を燃やして』は映画化された。
＊セルヒオ・ラミレス（一九四二―）　ニカラグアの作家、政治家。邦訳に『ただ影だけ』。
＊トマス・エロイ・マルティネス（一九三四―二〇一〇）　アルゼンチンの作家、ジャーナリスト。邦訳に『サンタ・エビータ』。
＊エクトル・アギラール＝カミン（一九四六―）　メキシコの作家。アンヘレス・マストレッタの夫。
＊コピ（一九三九―一九八七）　ラウル・ダモンテ・ボターナの筆名。アルゼンチンに生まれ、フランスで活動したフランス語作家、劇作家。
＊ロベルト・アルルト（一九〇〇―一九四二）　アルゼンチンの作家。
＊ホルヘ・イバルグエンゴイティア（一九二八―一九八三）　メキシコの作家。邦訳に短篇「カナリアとペンチと三人の死者のお話」。
＊アウグスト・モンテロッソ（一九二一―二〇〇三）　グアテマラの作家。邦訳に『全集　その他の物語』など。
＊アマード・ネルボ（一八七〇―一九一九）　メキシコの詩人、作家。邦訳に短篇「落ちた天使」など。
＊セルヒオ・ピトル（一九二三―）　メキシコの作家。二〇〇五年セルバンテス賞を受賞。邦訳に『愛のパレード』。
＊フェルナンド・バジェホ（一九四二―）　コロンビアの作家。邦訳に『崖っぷち』。
＊リカルド・ピグリア（一九四一―）　アルゼンチンの作家。
＊ホセ・マリア・アスナール（一九五三―）　一九九六年から二〇〇四年までスペイン首相。
＊ルイス・セルヌーダ（一九〇二―六三）　スペインの詩人。

＊ペル・ジムフェレール（一九四五―）　スペインの詩人。スペイン語とカタルーニャ語で作品を発表。美術批評でも知られる。
＊フランシスコ・デ・アルダーナ（一五三七―一五七八）　スペインの軍人、詩人。
＊マルガリータ・シルグ（一八八八―一九六九）　スペインの女優。ロルカの芝居を演じた。
＊エルナン・リベラ＝レテリエール（一九五〇―）　チリの作家。
＊ホルヘ・ラファエル・ビデラ（一九二五―二〇一三）　アルゼンチンの軍人、元大統領。
＊ウーゴ・チャベス（一九五四―二〇一三）ベネズエラの軍人、元大統領。
＊ディエゴ・マキエイラ（一九五一―）　チリの詩人。
＊アルベルト・フゲー（一九六四―）　チリの作家、映画監督。
＊ジャック・ヴァシェ（一八九五―一九一九）　フランスのシュルレアリスト。邦訳に『戦場からの手紙』。
＊マリオ・サンティアゴ（一九五三―一九九八）　メキシコの詩人。ボラーニョの盟友で、詩運動インフラレアリスモを立ち上げた。
＊ペ　ペネロペ・クルスの愛称。

解説　ボラーニョは何でできている？

青山南

『野生の探偵たち』は登場人物が多すぎて読むのに往生した、ないしは途中で話がわからなくなった。『2666』は分厚すぎて読むのに難儀した、ないしはまだ読んでいる。そんなひとたちはきっと少なくなく、きちんと読めなかった、あるいは読めずにいる自分に苛立ちをかんじているだろう。なにしろ、きちんと読めなかったにしても、読めずにいるにしても、ロベルト・ボラーニョというチリに生まれてスペインで死んだ稀代のイメージの散らかし屋の文章世界はなんだかやけに印象に残るからである。だから、すごく気になる。

「詩って何でできてるの？」

本書の始めに置かれている「ジム」で、物乞いをするメキシコの少年たちはいかにも哀しそうな風情の薄汚い格好をしたアメリカ人のジムにそう訊く。ジムはベトナム戦争からの帰還兵だが、いまは詩人を名乗り、「途方もないことを探し出して、それをありふれた日常の言葉にしている」。ありふれた言葉があると信じているのか、という意地悪な問いには、「あると思っている」と答えていた。

貧しいメキシコの少年たちの質問からとっさに思い浮かぶのはマザーグースの歌だ。「男の子は何でできているの？　女の子は何でできているの？」というやつ。

男の子は何でできているの？
男の子は何でできているの？
カエルとカタツムリ、それと小犬のしっぽ
そういうものでできている。
女の子は何でできているの？
女の子は何でできているの？
砂糖とスパイス、それと素敵なものぜんぶ
そういうものでできている。

これで全部。とても印象的で、なんだかすごくリアルである。

メキシコのカエルとカタツムリと小犬のしっぽでできた生き物たちの質問に、詩人のジムは、「雲を見つめながら耳を傾け」てから、こう答えている。

「語彙、雄弁さ、真実の探求。顕現《エピファニー》。聖母マリアが姿を現わしたときのような。」

ボラーニョは自分を詩人と考えていて、小説を書くのは生活のためと言い切っていたことがある。かれの文章世界にやけに印象に残るイメージが多いのは、「聖母マリアが姿を現わしたときのような」瞬間がいくつも散りばめられているからだろう。たとえば、「ジム」でも、メキシコシティの火吹き男と、その火吹き男をじっとながめるジムと、そのふたりを見つめる「ぼく」のいる情景が、そんな瞬間だ。口に油をふくんで火を蛇のように吹き出す路上のパフォーマーのような存在はメキシコの大きな都市の路上ではよく見かける、いわば「ありふれた」光景だが、そこにボラーニョは自分が探しだした「途方もないこと」をきっと託している。だから、読むほうにはすごく気になるものになってくる。

メキシコの路上に現れるさまざまなパフォーマーたちは、たとえば豊かな隣国アメリカのニューヨークの路上に立つパフォーマーたちとはちがい、なによりも金が必要だからパフォーマンスをしているのであり、カエルとカタツムリと小犬のしっぽの生き物たちが物乞いをしているのとスタンスと事情は同じなのだ。そこにあるのはメキシコの貧困である。だからそれをじっと見ているジムはこう描かれる。

「メキシコの呪いに捕えられた彼は、そのとき自分の幽霊と向かい合っていたのだ。」

わずか三ページの、しかしいっさい改行のない、濃密なこの文章世界は、かように緊迫したリアリズムである。『野生の探偵たち』に出没する「はらわたリアリスト」たちが目指したリアリズムとは、こういうものだったのだろうか?

アルゼンチンのパンパが舞台となる「鼻持ちならないガウチョ」も、リアリズムである。ユーモアにあふれた、ほとんどコミカルと言ってもかまわない、すこぶる愉快な、しかし辛辣なリアリズムだ。

道化となるのは、愛する妻を早くになくしてからずっと寡夫をつづけていた老弁護士。誰からも好かれ、二人の子どもを大事に育てあげると、多くの味方に求められるままに判事の職に就くが、まもなくその職に幻滅。その後は読書と旅に専念していたが、あるとき、ずっと放ったらかしにしていたパンパにある自分の農場で暮らそうと決意して、長年暮らしたブエノスアイレスを離れる。

なぜ、そんな決意を？

時は二〇〇一年、アルゼンチン経済が破綻したからである。（年号は明示されてないが、経済破綻の事実や日韓共催のワールドカップへの言及から割り出せる）。おれは予告していたんだ、と弁護士は怒り、大統領が辞任するとデモに参加し、活発化するデモに変化の徴候を見て期待もしたが、「数日のうちにアルゼンチンの大統領は三回変わ」り、「革命を起こそうと考える者もいな」くて、「クーデターを指揮しようと思いつく軍人もいなかった」。

老弁護士は怒る。「ブエノスアイレスは腐ってる」

そう言い捨てると、田舎のパンパでガウチョたち、すなわちカウボーイたちに混じって暮らすことにしたのである。そこにならかならず昔ながらのアルゼンチンがある、とばかりに胸ふくらませて。

しかし、なんだか様子がちがう。パンパに近づいても、列車の車窓からは牛は、群れはおろか、一頭も見えない。代わりに、兎が群れをつくって跳びはねている。ようやく農場に着いても、牛もいなければ、馬すらもほとんど見当たらない。なんとか馬を見つけて購入するものの、今度は、肝心のガウチョたちが見当たらない。それらしき連中はいることはいるのだが、馬は使っていないし、それどころか、さっさと「畜殺場に売り払い、パンパの果てしない道を、今では徒歩か自転車、あるいはヒッチハイクで移動して」、兎を捕まえて生活している。

老弁護士は怒る。「本物のガウチョが兎狩りをして生計を立てるだなんて」

そして、時代も環境も激変していることに無自覚なまま、自分が思い描くガウチョのように頑固に振るまってみごとな道化となっていく。兎狩りに精をだすガウチョどもが「鼻持ちならないガウチョ」なのか、それとも理想のガウチョを演じる老弁護士が「鼻持ちならないガウチョ」なのか、判定に迷う、すこぶる愉快なコメディだ。

興味をそそられるのは、老弁護士が探しているガウチョ像はボルヘスの小説に由来してもいるということ。パンパにやってきた老弁護士は、なにかというと、ボルヘスの「南部」の風景を目の前の風景のなかに強引に見つけようとするのである。「南部」を含む作品集のタイトルは、邦題は『伝奇集』になっているが、原題は直訳すれば『フィクションたち』だ。「南部」のガウチョもフィクションかもしれないというのに、小説をあまり読まない老弁護士にはそのあたりのことはわからず、したがって、パンパの現実を見ることもついにない。そういう人物が判事でもあったのである。

鼠の世界を擬人的に描いているのだから明らかにフィクションだが、現実にメキシコで起きていた事件を思い出させるほど異様なまでにリアルなのは**「鼠警察」**だ。「お巡りペペ」と呼ばれる働き者の警察官が下水道のあちこちで出会うのは多数の惨殺された死体である。超大作『2666』の「犯罪の部」に描かれるメキシコの殺人には数においては敵わないが、凄惨さにおいてはまったく負けていない。

「鼠警察」は、明らかに、カフカの「歌姫ヨゼフィーネ、あるいは二十日鼠族」(『断食芸人』所収)を踏まえている。働き者の警察官は歌姫ホセフィーナ(カフカのはドイツ語読みで、こちらがスペイン語読み）の甥っ子という設定だからだ。

ちなみに、カフカの作品は、まったく普通の鼠の声を発するにすぎない雌の鼠がどうして歌姫のあつかいをうけるようになったか、いかに歌姫のように振る舞うようになったか、を、その正体を知っていた鼠が報告していくという話である。ヨゼフィーネがどんなに巧みに強権をふりかざしていたか、そして聴衆がいかに素直に欺されていたか、を語る。

「鼠警察」では、働き者の警察官は、自分が警察官になれたのはホセフィーナの甥だったからではないか、としっかりわかっている。ホセフィーナの正体も承知していたようで、叔母は「哀れな気狂い、哀れな夢想家だった」と冷静に認識している。しかし、そんな認識では甘い、とあるとき、赤ん坊鼠を殺した凶悪犯に指摘される。

「お前は間違ってるよ。あの女は死ぬほど怖がってた、（中略）彼女の聴衆は、自分では気づいていなかったが死ぬほど怖がっていた。」

そして、すでに死んだはずのホセフィーナはじつは不滅だ、と宣告される。

「ホセフィーナは怖くて死ぬどころではなかった。日ごと恐怖の真ん中で死に、恐怖のなかで蘇った。」

本書のエピグラフ（「結局のところ、きっとぼくたちはそれほど多くを失ってはいない。」）は、カフカのその作品の最後の段落からとっていて、ヨゼフィーネの死を受けての言葉だが、真意をつかむのはむずかしい。カフカの作品においてどう理解すべきかはとりあえず措くとして、メキシコの犯罪にかぎらず、ことある毎に政治的にも恐怖の事態が勃発するラテンアメリカの不穏な歴史を考えると、ホセフィーナが不滅だ、と言う凶悪犯の指摘のように読みとるべきものなのかもしれない。

ラテンアメリカを含めてのスペイン語圏の文学の状況をおおざっぱにでも知っていたらとんでもなくおもしろいだろう、と地団駄を踏みたくなるのは「クトゥルフ神話」である。

「この暗い時代、希望に満ちた宣言で始めることをお許しいただきたい。現在スペイン語で書かれている文学は実に素晴らしい状況にある！　最高だ！　このうえない！」

このなんともシニカルな書き出しから早くも予想がつく、じつに徹底した文学ゴシップのパレードだ。ラブクラフトのSF人物名鑑から拝借したタイトルだが、出てくるわ、出てくるわ、無数の作家たちが俎上にのぼる。いたるところで、名言というか、やっかみというか、皮肉が飛び交う。

「現代の作家たちは（中略）もはや社会的地位というものを叩きのめそうとするお坊っちゃんではないし、ましてや社会不適合者の群れですらなく、むしろ社会的地位のエベレストに登ろうとする、社会的地位に飢えた中流階級や労働者階級出身の人々のことだ。」

とか、

「自己啓発本というものは、本当のところ、実践哲学の、女も男も読むことのできる、気取りのない楽しい哲学の本のことだ。」

とか、

「読者は――と言っても読者としてではもちろんなく、この場合は本の消費者として、決して見誤ることのない人たちは」

とか、枚挙にいとまがない。具体的に名前をあげながらいろんな作家をいじりまわしてもいて、わかるひとにはきっとたまらない、抱腹絶倒級のゴシップ・トークである。

読んでいて、はたと気がついたのは、ボラーニョはきっと大のゴシップ好きだったろうということ。あらためて振り返ってみれば、『野生の探偵たち』の大部分を占める膨大な数の証言も、なんのことはない、ゴシップ的なおしゃべりだったではないか。多くの証言で歴史を構成するオーラル・ヒストリーの手法に学んだものか、とずっと思っていたが、それだけではない、巷のあれこれが気になってしかたない、根っからのゴシップ好きでもあったにちがいない。

それはともかく……『2666』……いいかげん読み終えねば……

訳者あとがき

『鼻持ちならないガウチョ』の初版は二〇〇三年十月に刊行された。ボラーニョが亡くなったはその三か月前、スペインの日付にして七月十五日のことだ（チリ時間では七月十四日）。したがって、大長篇『2666』と同じように、作者はこの本の完成を見届けることはできなかった。

そこで、読者としてまず浮かぶ疑問は、この本が完成したものなのか否かということだろう。『2666』では、批評家にしてボラーニョの友人でもあったイグナシオ・エチェバリアが、遺稿がほぼ完成していたという内容の付記を寄せてくれたことで、われわれ読者を安心させてくれた。

本書についてはもっと安心していい。というのも、この本の原稿は、ボラーニョが亡くなるほぼ二週間前の六月三十日、彼が自らアナグラマ社を訪れ、編集者に手渡したものだからだ。翌七月一日になって彼の体調は悪化し、病院へ運ばれてそのまま帰らぬ人になったのだから、奇跡的に間に合った原稿だと言っていい。それに先立つ六月十九日に行なわれたインタビューでこの短篇集のことに話が及んだとき、ボラーニョは「ついこのあいだ書き上げたところでね、とてもよくできた本なんだ」と上機嫌に語っている。タイトルは『鼻持ちならないガウチョ』、彼の予定では九月に出版するはずだった。

というわけで、ボラーニョの多くの遺作のなかで最初に出たこの短篇集は、確かに没後出版ではあるものの、間違いなくボラーニョによって一冊の本として構想されたものである。原書で百七十七ページある本書のなかには数か所ほど矛盾が見つかるが、きわめて軽微なレベルにとどまっている。この事実は、原稿がボラーニョの手を離れたとき、すでに完成に近い形に仕上げられていたことを示している。

その死から十年が過ぎた。二〇一三年にはスペインとチリで没後十年の行事が催され、それらを機に、ボラーニョの人生と作品をめぐる新たな事実や証言が伝わりつつある。ここからは、本書に収められている作品ひとつひとつについて、ボラーニョの他の作品との関係や執筆の経緯など、読後の参考になる情報を紹介しておこう。

初出がもっとも早いのは、判明しているかぎりでは「アルバロ・ルーセロットの旅」である。もともとこの短篇は、アルゼンチンの作家・編集者セルヒオ・サンティアゴ・オルギンが編んだアンソロジー『新たな大罪についての書物』に収められている（二〇〇一年九月、ブエノスアイレスで刊行）。アンソロジーの趣旨は、「罪」をテーマにラテンアメリカの作家十名に短篇の競作をしてもらおうというものだった。編者であるオルギンはボラーニョに白羽の矢を立てたものの、忙しくて断られるだろうと思いながらメールを出した。すると思いがけないことにボラーニョは快諾し、「剽窃」というテーマを自ら指定してきた。その後、ボラーニョとオルギンのあいだで、この編者がかつて出した別の本をめぐって親密なメールがやりとりされたという。ちなみに、この短篇で描かれる「剽窃」については、アルゼンチンの作家ビオイ＝カサーレスの『モレルの発明』がフランスのアラン・レネの映画『去年マリエンバートで』に着想を与えたというエピソードが背景になっているとの指摘がある。

短篇集としてすでに邦訳のある『通話』と『売女の人殺し』では、彼の実人生とのかかわりをうかがわせたり、ボラーニョの分身（たとえばBという人物）が出てきたりする短篇が収められていた。本書では、ボラーニョが十八歳か十九歳のころの経験を下敷きにしていると思われる「ジム」が唯一それにあたるだろう。彼が長く暮らしたメキシコシティが舞台で、ジムのモデルはボラーニョが常連だった〈カフェ・ラ・アバーナ〉の近くにあるピザ屋で働いていたアメリカ人らしい。ちなみにこのアメリカ人、『野生の探偵たち』ではジェリー・ルイスとして登場している。

「二つのカトリック物語」はどうだろうか。「I　天職」の十七歳の主人公は、どことなくボラーニョを思わせもする。ただ、この短篇はむしろ構造上の面白さを楽しむべきかもしれない。どちらも一人称の語りが使われているので最初は戸惑うかもしれないが、二つの物語は合わせ鏡のようになっている。ここで用いられる番号付きの語りは、「ダンスカード」（『売女の人殺し』所収）にすでに見られるものだ。

初出で言うと、「ジム」は二〇〇二年九月九日、ボラーニョがチリの新聞 *Las Últimas Noticias* に連載していたコラムに発表された。初出時の原稿は、『余談――エッセイ、記事、スピーチ（一九九八―二〇〇三）』（*Entre paréntesis. Ensayos, artículos y discursos (1998-2003)*. **Anagrama, 2004**）に収められているが、本書収録にあたって部分的に書き換えられている。「二つのカトリック物語」は、二〇〇二年十二月にスペイン語圏で読まれている文芸誌 *Letras Libres* に掲載されている。

ということは、残る「鼻持ちならないガウチョ」と「鼠警察」が、本書のための書き下ろし短篇と考えてよさそうだ。この説を補強してくれるのは、ボラーニョが亡くなる直前、ボルヘスの全集を読み返したり、この「鼠警察」や詩を書いていたというエピソードが伝わっているからだ。そのうえ、どちらも先行する作家の作品が下敷きになっている。本書にはこの二篇のように、先行テキストをはっきりと明示する作品が収められていて、それが他の短篇集に見られない特徴となっている。

「鼻持ちならないガウチョ」は、作中で言及されるボルヘスの「南部《エル・スール》」（『伝奇集』所収）へのオマージュだと考えていいだろう。パンパに向かう知的な人物ということでは、やはりボルヘスの「マルコ福音書」（『ブロディーの報告書』所収）も関係がありそうなので、ぜひ合わせて読んでいただきたい。兎が出てくるところに、ボラーニョが尊敬していたコルタサルの「パリにいる若い女性に宛てた手紙」（『動物寓意譚』、邦訳『悪魔の涎・追い求める男』所収）の影響を指摘する専門家もいる。

大都会のブエノスアイレスに住む弁護士がパンパに別荘（あるいは農場）をもっているという設定はいかにもありそうだ。しかしここでは、その都会の洗練された教養人が、野蛮や男らしさの象徴であるガウチョ（アメリカのカウボーイを思い浮かべてもいい）になりきろうとする。時は二十一世紀、いわゆる正統的なガウチョの文化が失われつつある時代にそれを探し求めることは、時代錯誤の試みである。その意味で、この短篇の主人公ペレーダにドン・キホーテの姿を重ねる読み方は真っ当だといえる。ドン・キホーテは騎士道がもはや通用しない世界に出ていき、大騒動を引き起こすのだが、ボラーニョのほうは、二〇〇一年の経済破綻を経験したペレーダがガウチョ道を極めようとパンパに向かうのだ。蔵書を整理してから旅に出るところもドン・キホーテとペレーダに共通している。ドン・キホーテは騎士道文学を読みふけったが、ペレーダは『マルティン・フィエロ』などのガウチョ文学を読みふけっていたのかもしれない。スペイン語のタイトルにある **insufrible** は、辞書の第一義としては「耐えがたい」という意味だ。しかしここには、耐えがたいけれども愛すべき人物であるというボラーニョならではのニュアンスが込められている。また、ロシナンテに相当するホセ・ビアンコは架空の名前ではない。ボルヘスとも仲が良かったアルゼンチンの作家で、二十世紀半ばのラテンアメリカ文化史上重要な役割を果たした文芸誌 ***Sur*** で長年編集者も務めた人物の名前からとられている。

そのホセ・ビアンコのあだ名はペペで、『鼠たち *Las ratas*』という小説を書いている。したがって、続く短篇が「鼠警察 *El policía de las ratas*」で、その冒頭にホセ（＝ペペ）と出てくるのを見ると、スペイン語圏の読者、とりわけアルゼンチン文学に詳しい人なら、思わず笑ってしまうのかもしれない。

とはいえ、「鼠警察」はカフカの作品とより密接なかかわりをもっている。なにしろ主人公のホセは、カフカ最後の短篇と言われる「歌姫ヨゼフィーネ、あるいは二十日鼠族」の歌姫ヨゼフィーネの甥っ子という設定だからだ。本書のエピグラフに引かれているのも同じ短篇からの一節である。翻訳に際しては、カフカ作品が背景にあることをはっきりさせるために、作中のホセフィーナをヨゼフィーネと表記するアイディアもあったのだが、そうすると今度はホセフィーナとホセの名前にある共通性が見えなくなってしまうので、最終的にはスペイン語読みを採用した。作風としては、凄惨な連続殺人事件を描く『2666』第四部を彷彿とさせ、ペペのキャラクターには、同じく第四部に出てくる新米警官ラロ・クーラを思い出してもいいだろう。

ところで、「お巡り」と訳した「ティラ tira」という単語だが、作中では暴君《ティラーノ》が語源にあるとされている。辞書によれば、チリやアルゼンチン、メキシコなどの俗語で、比較的新しい語彙のようだ。処罰されない暴君となると、ボラーニョの祖国チリの独裁者ピノチェト将軍を思い出させる。もちろんアルゼンチン軍政期のビデラ将軍でもいい。アルゼンチンやチリの軍事政権が引き起こした多くの行方不明者《デサパレシードス》や亡命者に対してボラーニョが並々ならぬ共感を寄せていたのは間違いない。そのあたりは、アルゼンチンの作家で、軍政期にスペインに亡命したアントニオ・ディ・ベネデットがモデルになっている短篇「センシニ」（『通話』所収）などが参考になる。それらを踏まえると、「鼻持ちならないガウチョ」に出てくる「継母」についての記述も重みが増す――「われわれは、ラテンアメリカのどの国よりも、継母のことをよく知っている」（本書十四ページ）。この一節は、アルゼンチンの軍政期に政治的迫害によって親が行方不明になった子供たちが、たとえば軍人の家庭にもらわれ、本人は何も知らずに継母に育てられたことを背景に書かれていると見ていい。あるいはペロン大統領の没後、副大統領から昇格して政権を握った妻のイサベル・ペロンのまずい舵取りがほのめかされてもいるのだろう。彼女の失政がその後、軍部によるクーデターを招き、軍政時代が始まるのだ。そうすると、一見アルゼンチン現代史と無関係に見える「アルバロ・ルーセロットの旅」でも、作中の小説や映画のタイトルに、「失われた声」や「消えた女」という行方不明者を思わせるものがあることが意味ありげになってくる。これらの短篇では、チリやアルゼンチンのこうした歴史が通奏低音のように響いている。

最後の二篇は講演録である。ボラーニョがインタビューでこの二篇について語っているところを引いておこう。

(…)伝統的な短篇の形式から外れる短篇が二つある。ひとつは「文学+病気=病気」で、病気をめぐる一種の講演だね。そしてもうひとつは、スペイン語で書かれた文学、ラテンアメリカ文学をめぐる攻撃的な短篇、あるいは試論のようなテキストだ。

「文学+病気=病気」は、全十二の断章すべての小見出しに「病気」という語が入り、病気、文学、旅についてのボラーニョの想像力が展開されている。『2666』第五部でも、病気にまつわる話はところどころ、しばしば唐突な形で出てきたが、この講演でとくに興味深いのは、『2666』のエピグラフとして引用されたボードレールの詩、「旅」の一節(「倦怠の砂漠のなかの 恐怖のオアシス」)について、ボラーニョの解釈が示されていることだ。この講演録が『2666』と並行して書かれていたことはおそらく間違いないだろうし、ボラーニョによる自作解説として読むことのできる貴重な文章である。

そして最後に収められている講演録「クトゥルフ神話」は、もともと二〇〇二年十一月にバルセロナで行なわれた講演会で読まれたものだ。ボラーニョによれば、聴衆は大笑いして聞いてくれたという。ここで繰り広げられる文学論には、「反《アンチ》・詩《ポエマス》」を提唱したチリの詩人ニカノール・パラの流れを継承しようとする、挑発する作家としてのボラーニョの真骨頂があらわれているように見える。

二〇〇三年六月二十五日、亡くなる数週間前、ボラーニョはセビーリャで開かれたスペイン語圏の若い作家たちとの会議に出席した。冒頭に引いたインタビューを受けた六月十九日と、アナグラマ社に原稿を渡した六月三十日のあいだの時期にあたる。彼はその会議のために「セビーリャはぼくを殺す *Sevilla me mata*」というタイトルの原稿を用意していたが、未完に終わってしまう。代わりに、新世代のラテンアメリカ作家たちに送るマニフェストとしても読める、この「クトゥルフ神話」を読んだ。この会議への出席が、ボラーニョが公的な場で見せた最後の姿になったという。

では、各作品の献辞に触れて締めくくることにしよう。

「鼻持ちならないガウチョ」が捧げられているロドリゴ・フレサンはアルゼンチンの作家で、ボラーニョの最も親密な友人の一人である。先に述べたセビーリャの会議にも出席していた。「鼠警察」の献辞に名前があるクリス・アンドリュースとロベール・アミュティオはそれぞれボラーニョ作品の英訳者、仏訳者である。そして二人とも「鼠警察」を翻訳している！　自分に捧げられた作品を翻訳するとき、どういう気持ちがするのだろうか。「アルバロ・ルーセロットの旅」には、初出にはなかったカルメン・ペレス・デ・ベガの名前がある。ボラーニョの最後のパートナーだったとされる人物だ。「文学＋病気＝病気」は、彼が命を預けていた主治医に捧げられている。
訳者はたまたま、最後の「クトゥルフ神話」の献辞に名前のあるアルゼンチンの作家アラン・パウルスと面識がある。そこで無粋ながら、彼にボラーニョのこと、献辞のことを思い切ってメールで尋ねてみた。ご本人から許可をもらえたので、彼からの返事をすべて訳出しておきたい。

ぼくは出版された本を受け取るまで、献辞のことは何も知らなかった。ボラーニョはいつもそうしていたと思う。彼は寛容さを示すそういう行為をしていたけれど、献辞の相手には決して相談しなかったし、前もって伝えたりしなかった。ボラーニョは、ぼくのことを作家として褒め称えた別のテキストでも同じことをしてくれたけれど、ボラーニョがそれを書いて出版してからずいぶんあとになって、活字になったものを読んだ誰かがぼくに届けてくれてそのことを知った。ボラーニョは寛容で慎み深かった。彼は自分の寛容さを鼻にかけず、ただそれを行動に移していた。君に言っておくけれど、ぼくはボラーニョと直接会ったことは一度もない。メールのやりとりはあって（数は多くもなかったけれど）、電話では一度話したことがある。それがすべてだ。ぼくたちの関係は、手紙や書物を通じてお互いを知った十九世紀の作家のようなものだった。ぼくたちのあいだに「イメージ」はなかった。それに、ボラーニョが最後に書いていた、献辞のある多くのテキストには、近づきつつある死の存在も、死ぬ前に「テキストを捧げるという贈り物をしよう」という気持ちもあったのではないかとぼくは思っている。

直接会ったことのないパウルスとボラーニョの関係は、「アルバロ・ルーセロットの旅」の原稿を依頼したときのオルギンとボラーニョの関係と似ているように見える。ボラーニョは書物を介して豊かな人間関係を築き、そのことを通じてわれわれに、「文学的」な多くの出会いがあることを教えてくれるのだ。

『鼻持ちならないガウチョ』を仕上げたボラーニョは、その後の予定として、待機中だった肝臓移植手術を受け、中断した『2666』に再度挑む計画を立てていた。しかし、あらゆる死と同様、ボラーニョにも不慮の死が訪れ、その計画は果たされなかった。この本は、彼がもう一度見直すことはできなかったものの、ボラーニョによってわれわれに届けられた最後の短篇集である。

本書は、Roberto Bolaño, *El gaucho insufrible*（Barcelona, Anagrama, 2003）の全訳である。翻訳にあたっては、Anagrama版を底本とし、Chris Andrewsによる英訳版、Robert Amutioによる仏訳版を適宜参照した。「鼠警察」の下敷きになっているカフカの「歌姫ヨゼフィーネ、あるいは二十日鼠族」は、池内紀訳（『カフカ・コレクション　断食芸人』白水Uブックス、二〇〇六年）を参照した。また「文学+病気=病気」に引用されるマラルメの「海の微風」は福永武彦訳（『世界名詩集14　マラルメ詩集／ヴェルレーヌ叡智』平凡社、一九七九年）を、ボードレールの「旅」は安藤元雄訳（『悪の華』集英社文庫、一九九一年）を引用、または文脈に合わせて一部表記をあらためた。

この訳書が出来上がるまでには多くの方にお世話になった。訳者は本書を訳すのに先立ってアルゼンチンに滞在する機会に恵まれ、その際、本書について、アラン・パウルス氏をはじめとして多くの方から有益な示唆を頂戴した。また、書物を通じて私淑する青山南氏には絶妙なエッセイをお寄せいただいた。厚く感謝申し上げる。

そして、ボラーニョの翻訳書をすべて手がけている白水社編集部の金子ちひろさんは、未熟な訳者の読みに対して、常に的確なアドヴァイスとアイディアを数えきれないほど与えてくれた。彼女の尽力なしには本書がいまある形をとることはなかった。どうもありがとうございました。

二〇一四年二月

久野量一

訳者略歴

一九六七年生まれ

東京外国語大学大学院地域文化研究科博士後期課程単位取得退学

法政大学経済学部教授

訳書にバジェホ『崖っぷち』（松籟社）、共訳書にボルヘス『序文つき序文集』（国書刊行会）、ボラーニョ『2666』（白水社）

〈ボラーニョ・コレクション〉

鼻持ちならないガウチョ

二〇一四年三月一五日 印刷
二〇一四年四月一〇日 発行

著者 ロベルト・ボラーニョ

訳者 © 久《く》野《の》量《りょう》一《いち》

発行者 及川直志

印刷所 株式会社 三陽社

発行所 株式会社 白水社

東京都千代田区神田小川町三の二四
電話 営業部〇三（三二九一）七八一一
編集部〇三（三二九一）七八二一
振替 〇〇一九〇-五-三三二二八
郵便番号 一〇一-〇〇五二
http://www.hakusuisha.co.jp

乱丁・落丁本は、送料小社負担にてお取り替えいたします。

誠製本株式会社

ISBN978-4-560-09263-7

Printed in Japan